LES TRAVERSÉES DE DOROTHY PARKER

CAMILLE MANCY

LES TRAVERSÉES DE DOROTHY PARKER

Roman

EDITIONS PRISMA

ISBN : 978-2-8104-3027-7

Mais on ne se bat pas dans l'espoir du succès !
Non ! non, c'est bien plus beau lorsque c'est inutile !

Edmond Rostand

Nous avons tous, dans notre vie,
une période de prédilection, une période héroïque.

Francis Scott Fitzgerald

Chapitre un

Oh, je voudrais aller sur les mers !
New York, août 1937

Dorothy Parker a embarqué l'après-midi du 18 août 1937. Le *Normandie* s'est éloigné de New York aussi vite que le peut un tel monstre. Depuis le quai 88, le paquebot géant a tourné le dos aux lumières de Manhattan. Dorothy n'a pas regardé sa ville disparaître, ni les mouchoirs et les mains tendues, ni les reporters et les photographes. Quoi qu'on en dise, elle ne s'épanche pas si facilement en public.

Distraite, elle avance sur le pont-promenade. Il est fait pour cela, pour délasser les corps des cabines, lesquelles, en première classe comme ailleurs, finissent par sembler étroites. C'est une erreur que d'associer la liberté au grand large. À se tenir au milieu de l'océan, ce qu'on éprouve, c'est sa propre finitude. Un corps dérisoire à opposer aux Moby Dick qui rôdent.

L'air iodé ne pénètre pas l'atmosphère citronnée, saturée de santal. Chaque petit matin blême voit se dérouler le ballet des frotteurs de parquet. Cela donne aux passagers la sensation de glisser sur une piste de danse. Les pas de Dorothy se dirigent vers la promenade découverte, et dans un élan, elle aspire l'air en étirant les bras, regarde autour d'elle. C'est avant le bouillon de onze heures, de nombreuses femmes ne sont pas habillées, ce ne sont encore que des rêveuses simplement vêtues. Pour un peu Dorothy se croirait en goguette dans le *Village* : paletots aux lignes droites, jupes évasées, robes à pois.

Dorothy Parker, elle, porte une ample fourrure noire et ses cheveux sont ramenés sous un chapeau cloche. Elle fume malgré la brise qui lui chatouille la gorge autant que le tabac. Dorothy Parker a toujours quelque chose qui pique entre les doigts. Une plume, une cigarette, une aiguille à tricoter.

Elle porte son costume de voyage avec une élégance stricte. Même si elle le voulait, elle ne pourrait contredire l'éducation qu'elle a reçue. Elle est née au siècle précédent, en 1893 : aussi en 1900 a-t-elle eu sept ans, l'âge de raison. Quelle raison, quel âge ? Dorothy Parker fait profession de poète, d'écrivain, de scénariste. Autant dire qu'elle est éternelle, qu'elle a vingt ans, et que l'instant d'après, c'est une vieille femme. Elle est tour à tour Clotho, Lachésis ou Atropos, une Moire appliquée, faisant et renversant le destin des hommes d'un geste sec de tricoteuse – d'un trait de plume.

Dorothy Rothschild est issue d'une riche famille juive, mais de ces immigrés dont l'opulence est fragile et récente. La crainte du drame et la peur de l'exil les animent encore. Dorothy résume : une Rothschild, mais de « la mauvaise branche ». C'est qu'ils n'ont aucune parenté directe avec les banquiers du même nom, seule la méfiance atavique des New-Yorkais pour leur consonance israélite les rapproche.

Ses parents s'aimaient follement – une curiosité fin de siècle. Il leur fallut patienter onze ans avant de pouvoir se marier, onze ans pour Eliza à décourager ses prétendants, onze ans pour Henry à accroître sa réussite et venir à bout des réticences des Marston. Sur la modeste fabrique paternelle, Henry Rothschild a bâti une florissante entreprise textile et gagné la main d'Eliza.

Dorothy se révèle un asticot prématuré de sept mois lorsqu'elle vient au monde, ce qui lui permet d'affirmer : c'était la dernière fois que j'étais en avance pour quoi que ce soit. Elle naît un soir d'orage, dans la maison de vacances du couple, à Long Branch, New Jersey, tandis que la pluie fouette les vitres et ravage le jardin. Après la naissance de la petite fille, sa mère se relève de couches avec difficulté. Quelques années plus tard, languide, Eliza s'éteint de ce dernier enfant de l'amour, celui qui lui avait été défendu par son médecin. La némésis intervient en 1899, alors que les éléments se déchaînent sur la villégiature des Rothschild – encore à Long Branch, New Jersey. Dans une sinistre symétrie avec la naissance de sa fille, Eliza trépasse par une sombre nuit d'été. Les anniversaires de Dorothy en seront pour toujours assombris.

Dottie écrase son mégot dans un cendrier de bronze en se remémorant. À quarante-trois ans, cet amour-là, celui de ses parents, à la vie à la mort, Dorothy ne l'a pas connu. Ou alors, si, mais seulement sur le mode mineur des tragédies modernes. Elle a attendu des heures durant que sonne le téléphone, elle a tenté de se suicider, elle a avorté. Dorothy a connu l'amour vache des années folles et l'a rendu à ses contemporains comme elle savait le faire : en écrivant des milliers de vers.

Dans les années vingt, Dorothy Parker a consolé les New-Yorkaises à coups de strophes caustiques et de sonnets sardoniques. Les recueils de ses poèmes portent les titres évocateurs d'*Enough Rope*, « Assez de corde pour se pendre », ou *Death and Taxes*, « La mort et les impôts ». Elle a forgé une chose incongrue, tellement américaine : la poésie ironique. La versification de la dérision. Dorothy est une exaspérée bien élevée.

Son dernier recueil de poèmes est paru l'année dernière, en 1936, et il s'intitule *Not so Deep as a Well*, « Pas aussi profond qu'un puits ». À quoi pense donc l'écrivaine pour choisir un titre pareil ? Certains songent à une amusante insanité – et ce n'est pas impossible, Dorothy incarne pour beaucoup la femme libre, qui ne prend pas le sexe trop au sérieux. Parker laisse le doute planer. Ses grossièretés les plus drôles sont proférées oralement ; à l'écrit, elle laisse une œuvre plus subtile. Entre autres lamentations modernes, le recueil contient *Song of Perfect Propriety*, dans laquelle Dottie s'écrie : « Oh, je voudrais aller sur les mers ! »

C'est qu'elle se rêve en flibustier rugissant, elle s'imagine parader devant son équipage, étrangler des captifs, avoir le coutelas qui frappe aux genoux et enjamber des ponts sanglants. Mais au lieu de cela, conclut-elle amèrement, elle écrit de « petits vers », comme le font les « petites femmes ».

Des vers dont il faut six impressions pour satisfaire la demande, mais le succès ne lui suffit pas.

À présent, elle veut se confronter à l'Histoire, changer le monde. C'est ce qu'on va voir. Mais en attendant, sur les flots sombres de l'Atlantique, ce sont les années passées qu'elle voit défiler.

Chapitre deux

*De l'*Algonquin *à la Garoupe*
Long Island, 1905

L'été de ses douze ans, Dorothy passe les grandes vacances dans un cottage de Bellport, à Long Island. Même l'Upper West Side est inhabitable durant les mois les plus chauds. Ceux qui le peuvent se protègent des températures au cœur de stations balnéaires cossues. Située à une centaine de kilomètres de New York, Bellport se compose de maisons blanches dans le style de la Nouvelle-Angleterre. Elles ont l'allure faussement modeste, le charme rustique et depuis leurs fenêtres à petits carreaux, on contemple de larges jardins fleuris. Une telle perfection, un tel désœuvrement laisse penser que la mort, la maladie, la honte n'ont pas ici droit de cité. Ce ne seraient que fautes de goût, inconcevables chardons d'une composition florale idéale.

Henry Rothschild continue de travailler à New York et ne s'approche que les week-ends du bord de l'eau. Dorothy et Henry s'écrivent quotidiennement – c'est l'usage, à cette époque-là, quand on se manque. Ils ajoutent de courts poèmes à la gloire de leurs chiens, deux grands caniches, Rags et Nogi. Dorothy joue encore aux billes. Chez elle, à Manhattan, elle les range dans une boîte décorée de l'inscription « *Home, sweet home* », qui repose sur sa coiffeuse. Quand il faut procéder aux échanges rituels entre enfants, Dorothy précise à son père quels calots roses ou verts il faut sortir de la boîte. À l'approche de son anniversaire, elle est perdante. Son père lui fait oublier les billes : il lui offre une nouvelle robe, cascade de mousseline blanche étagée comme une pièce montée, et reprend la voiture.

Durant ses vacances, la petite Dorothy est accompagnée par sa grande sœur, Helen. À vingt et un ans, la jolie brune suscite les regards enflammés des uns et les messes basses des autres. Dorothy sent qu'Helen va bientôt s'en aller, elle aussi. Comme Harold et Bertram, les frères invisibles, trop âgés pour partager autre chose que la détestation de leur belle-mère. Quand Helen s'éloigne pour retrouver des camarades de son âge, Dorothy laisse couler le sable entre ses longs doigts de pianiste. Il n'y a pas d'instrument à Bellport, mais Dorothy s'amuse autrement : elle gribouille la figure de ceux qui l'entourent. Elle grince de rire à ses propres caricatures. Son premier public, c'est elle. Ses premières victimes, ses tantes. Elle croque leurs longues silhouettes éthérées, la couronne de leurs cheveux pesant fort sur leur nuque délicate, leurs promenades languissantes dans la lagune.

C'est ici, au sud de Long Island, que l'impressionniste William Glackens a peint ses scènes de plage : entre les parasols démesurés des élégantes à manches gigot. Il saisit les couleurs pastel, les jupes longues, les kiosques à musique.

Ce n'est pas vraiment un lieu, c'est une conception de l'oisiveté. Dorothy s'ennuie souvent, les femmes cancanent, tout y est lent. Dorothy n'a qu'une hâte : revenir à Manhattan, être rendue à l'agitation urbaine. Dans les journaux laissés par les adultes, elle guette les faits divers, si croustillants, avec leurs enlèvements, les meurtres prémédités, les situations scabreuses. C'est incroyable tout ce qui se passe au-delà du monde enchanté de Bellport. Dorothy veut grandir, elle étouffe, elle veut vivre, les robes corsetées l'entravent, elle enrage.

Mais elle écrit tout de même : *Dear Papa, / I am having a lot of fun, / Tho' my neck and arms / are burned by the sun.* Ce n'est pas étonnant : Dorothy nage tous les jours. Elle conservera longtemps le plaisir de la baignade. Plus tard, elle acceptera avec joie toutes les invitations qui promettent le sel et l'iode.

Ainsi, après sa rupture avec son premier mari, elle rejoint le cercle de l'*Algonquin* au cœur du Vermont. On s'établit en Maison de la fraternité, on joue aux transcendentalistes, on se croit anarchiste. 1922, c'est la mode des charades, et tous s'y adonnent avec ferveur. Les rumeurs prétendent qu'au creux de leur verte retraite, les intellectuels délaissent l'habit de bain. Malheureusement, c'est prêter à une bande de complexés une décontraction qu'aucun d'entre eux ne possède. Et si l'acteur Harpo Marx et le journaliste Alexander Woollcott ont ôté leur chemise, c'est bien le seul attentat à la pudeur qu'on puisse déplorer. Dorothy promenant ses chiens, seulement parée d'une capeline ? Pur fantasme, aussi amusant soit-il.

Parker marche pieds nus dans l'herbe, cherchant l'inspiration entre les fleurs des champs. Son ancien collègue de *Vanity Fair*, Robert Sherwood, l'a sauvée du chômage : en prenant la direction du magazine *Life*, le journaliste a embauché tous ses amis. Bon prince, il s'entoure de Dorothy Parker, Robert Benchley, George S. Kaufman, Donald Stewart, Marc Connelly. Tous ceux-là ne travaillent jamais si bien qu'en bande. À les voir se lancer serviettes de table, calembours et quolibets autour de leur table ronde de l'hôtel *Algonquin*, on les croirait d'incurables cancres. C'est que sans relâche, ils testent leurs répliques, la qualité de leur humour new-yorkais. Ils travaillent ensemble comme ils ne travailleront bientôt plus jamais. Ce sont les derniers feux de leur cercle littéraire, et les derniers instants de tout cercle américain, pour bien longtemps.

Dorothy se rend aussi chez les Murphy, à Antibes. Tandis qu'elle brasse vers la Garoupe, ses cheveux nouvellement coupés à la garçonne s'échappent de son bonnet de bain. À la Villa America, elle est flanquée de son fidèle acolyte Robert Benchley, qu'elle a renommé Fred. Jusqu'à ce que la politique les éloigne, ils vivront leur amitié, intense, sur le mode de la liaison platonique.

Souvent, les pieds dans la Méditerranée, elle bavarde avec Scott Fitzgerald, cet enfant capricieux. Quand ses désirs ne sont pas assez rapidement exaucés, il en viendrait presque à taper du pied. Il a l'habitude de se planter devant Sara Murphy pour qu'elle n'oublie pas de le regarder.

Sa femme Zelda a les yeux couleur menthe à l'eau. Elle cherche un amant et évite Dorothy avec soin. La femme de

Scott est jalouse de Parker. Dorothy, occupée d'une vague convalescence, ne semble pas alors une menace à prendre au sérieux. Il n'empêche, la célébrité de la belle brune lui donne des boutons, à elle qui n'arrive à rien. Malgré sa réputation de femme d'esprit, Dorothy ne parle finalement qu'assez peu, et Zelda a le sentiment qu'elle doit se tenir sur ses gardes avec Parker.

Dorothy, elle, a pitié de Zelda. La façon qu'a la femme de Scott d'arriver à la table des Murphy en proclamant son inspiration littéraire de la nuit passée l'écœure. Elle ajuste ses lunettes de soleil tandis que Zelda se vante. Dorothy songe que les feuillets noircis ne révèlent qu'une flambée de génie erratique, dont la substance sera subtilisée par Scott qui réécrira, diluera la prose de Zelda – *Quel traître !* pense Dorothy en français. Après tout, on est sur la Riviera à ce moment-là.

Ernest Hemingway sert l'apéritif, il frappe les martinis et saisit les glaçons à pleines mains. Zelda finit par rencontrer un aviateur et se jette entre ses bras. Le petit Baoth Murphy baptise un poulet Dorothy pour honorer l'invitée préférée de ses parents. Le paradis de ces heures glorieuses, où le désastre ne fait que pointer, seul Fitzgerald saura s'en faire le conteur. Les Murphy deviendront Dick et Nicole Diver dans *Tendre est la nuit.* Dorothy, pour sa part, résumera tout cela d'une de ses formules péremptoires : « Le problème avec nous, c'est que nous sommes restés jeunes trop longtemps. »

Chapitre trois

Frenchy Dottie
New York, 1916

Dorothy a vingt-trois ans. Son père est mort ruiné et elle vit sans un sou vaillant, en donnant des cours de piano, en accompagnant des leçons de danse. Il n'y a plus personne pour lacer son corset alors elle s'en défait. Elle porte ses cheveux en couronne, une auréole à la Gibson, parce qu'il faut un emploi à sa lourde chevelure de modèle préraphaélite.

Sa solitude atteint des proportions faramineuses mais elle ne le sait pas : elle vit à Manhattan, New York, une ville à laquelle elle voue un amour inconditionnel, l'affection la plus solide et la plus durable de toutes celles qu'elle portera en étendard – et elles seront nombreuses. Du moins celle-ci est partagée, la ville lui parle, chante et crie à chaque instant. Dottie se réveille au bruit du marteau-piqueur, puis, dans la journée, le vacarme de la circulation, les braillements des vendeurs de rue, les hennissements des chevaux – car il y a encore des voitures à cheval – la font vibrer à l'unisson de la cité. Elle n'est pas si seule, il y a les taxis, les dockers, les metteurs en scène et les coiffeuses. Des colporteurs qui haranguent les flâneurs, des pêcheurs qui séduisent les couturières. Il suffit de se pencher à sa fenêtre pour être au spectacle : des sirènes accompagnent les livraisons, au bout de la rue, on dynamite, des grues sont assemblées et des matériaux déchargés. Les portiers sifflotent au rythme d'invisibles cliquetis, des klaxons stridents moquent les mauvais pots d'échappement. La semaine finissant, les jappements des chiens se mêlent au son des radios pour rythmer des soirées interminables. Non, cette ville ne dort jamais.

Une fois les ballerines évanouies dans un nuage de tulle, Dorothy joue Chopin en sourdine. Puis elle referme la porte du studio, laisse les clés au concierge et descend au parc. Dans des calèches de poupée, les petites filles modèles imitent le maintien de leurs mères. Elles sont menées par des chèvres au pelage soyeux, guidées par des employés à l'uniforme empesé. Les chérubins de la fontaine Bethesda luisent dans le contre-jour. De l'autre côté de Central Park, les bidonvilles des immigrants. De l'autre côté de l'Atlantique, la guerre. Quelle guerre ? De loin, le Vieux New York compte les points.

Le seul ami de Dorothy s'appelle Thorne Smith. Ils habitent la même pension minable à huit dollars la semaine, petit-déjeuner et dîner inclus. Dorothy trouve à Thorne de la superbe : il a le front haut et l'œil mélancolique. Thorne prétend mépriser les contingences matérielles, dormir dans son pull-over élimé de la Navy. Dorothy glisse des bêtises versifiées sous sa porte et Thorne lui raconte des histoires de fantômes. Quoique cultivant un snobisme forcené, Dorothy n'a rien contre le frisson fantastique.

Que dirait la logeuse si elle les trouvait ensemble ! C'est pourquoi ils passent la fenêtre et se retrouvent dans l'escalier de secours, sur la plateforme. Le grillage de fer n'a rien de confortable et file les bas de soie, mais c'est l'époque des « qu'importe ! ». Dorothy lève vers Thorne ses yeux qui sont comme des lacs et le jeune homme veut écarter ses cheveux-roseaux. Sa voisine exagère l'innocence dans sa prunelle et voilà le jeune clown prêt à plonger. Grand désarroi de Dorothy, au dernier moment, Thorne refrène ses envies de baignade.

Il répugne à gâcher la complicité qu'ils partagent du côté de Times Square et de l'Hippodrome, cette gigantesque salle de spectacles dont on dit qu'elle aurait ringardisé le Colisée. Devant les théâtres de Broadway, ils testent leurs reparties et se congratulent :

– N'est-ce pas cynique, Dot ?

– Absolument charmant. *So sharpy !*

Ces deux timides ont une telle soif de confiance, de reconnaissance. Éclats de rire, ritournelles des tourne-disques, au loin, freinage de la ligne aérienne. La symphonie new-yorkaise les accompagne, où que leur caprice les mène.

Thorne commence à travailler dans la publicité, et parle de déménager à Greenwich Village, auprès d'une Celia qu'il surnomme Mona Lisa. Le soir où il vide les lieux, Dorothy, éperdue, laisse les courants d'air défaire ses boucles brunes d'Ashkénaze. Il lui semble que les chérubins de la fontaine se jouent de son chagrin. Elle murmure : *Lady, lady, never speak of the tears that burn your cheek*, « Ô dame, non, n'évoque jamais ces larmes qui brûlent ta joue »...

Et puis pour elle aussi la roue finit par tourner, et un premier poème est publié dans les pages de *Vanity Fair*. Il y est question des affectations à la mode, de ces vaines paroles que les bien nées désœuvrées prononcent dans le confort ouaté des salons de thé huppés.

L'ordinaire s'améliore, quand Dorothy est embauchée par Condé Nast. Chez *Vanity Fair*, le magazine des dandys, une mise à l'épreuve à la rédaction de *Vogue* a été jugée un préalable indispensable. La direction hésite à intégrer une femme dans ses rangs, un précédent sans repentir possible. Le temps que ces tergiversations cessent, la jeune poète s'adapte à son sujet : « la concision est l'âme de la lingerie », signale-t-elle. Autour de la nouvelle recrue, ça rit sous cape.

Et puis Franck Crowninshield, le rédacteur en chef de *Vanity Fair*, cède. P.G. Wodehouse délaisse son fauteuil de critique dramatique – il l'imagine restant vacant, quel homme peut penser l'égaler ? Mais une femme, peut-être… Dottie possède ce chic français que Crowninshield juge indépassable. Si les articles dans la langue des avant-gardes se font rares, et si l'influence de la vieille Europe décline entre les gratte-ciels, il est encore temps pour Crownie de publier Dorothy sous le très *frenchy* pseudonyme d'Henriette Rousseau.

C'est un règlement de comptes généralisé qui lance la carrière littéraire de Dorothy. Ses *hate verses*, ses « hymnes à la haine », assoient pour longtemps sa réputation de scandaleuse : elle n'épargne rien ni personne. Les femmes, les hommes, les lâches, les bonnes âmes, les acteurs, les fêtes, le théâtre, les résidences d'été, Henriette-Dorothy provoque son univers entier. Chez les femmes, par exemple, on rencontre les Femmes d'intérieur, « qui sont les pires ». Les lecteurs de *Vanity Fair*, ravis de l'outrage, en redemandent. Elle continue : chez les hommes, qui « ont le don de l'irriter », certains, les « Penseurs Austères », « parlent de l'humanité comme s'ils venaient de l'inventer ». Les hymnes s'enchaînent, et la plume siffle d'une élégance venimeuse. Les maris sont « cette croix que porte la Femme Blanche ». Et Dorothy hait la famille : « elle lui donne des crampes d'écriture ». Les Raseurs, les Jeunes Loups, les Petites Fleurs Sensibles, Dorothy en rit encore, rit tout haut – rit aux larmes. Tout cela est méchamment moderne, et le restera longtemps.

Chapitre quatre

Parker, le nom propre
Manhattan, 1919

Jusque-là, durant ses longs mois d'absence, Dottie était satisfaite de savoir son époux sur le front. Edwin n'était pas un lâche, c'était un homme – un vrai. Il se battait avec une arme et dormait dans les tranchées – tout l'inverse de ses gentils amis à elle, ceux du journalisme de pacotille, ceux de « *Stars and stripes* ». Eux roupillaient tranquillement à l'arrière de la propagande, là où les tirs ne risquaient pas de les atteindre. Qui sait, peut-être même Eddie avait-il tué un Boche ?

Le rythme des saisons a passé deux fois. Dorothy pensait à Eddie le soir, en s'endormant le nez dans les plumes après un baiser à une photographie posée. Deux hivers de douze mois chacun et Eddie se souvenait comme à travers une brume que de l'autre côté du monde il avait eu une enfance heureuse, un travail et même une femme – mais il n'était plus très sûr de cela, ni même du reste.

Et quasiment d'un coup d'un seul, la guerre s'arrête. Il faut passer du caniveau à la gouttière. Le nouvel appartement new-yorkais est situé au dernier étage de l'immeuble, rien à voir avec les sapes, en sous-sols terreux. Eddie rampe encore de symbole en métaphore. Pour Dorothy, la guerre est finie depuis des mois. Elle pense qu'Eddie a récupéré depuis l'armistice. Lui regarde sa femme, montée en grade pendant sa déchéance d'être humain.

Car c'est une chose de rêver à un soldat et une autre de l'avoir sous son toit. Maintenant que le héros est revenu, encombré de ses nouvelles lubies pleines de drogue et d'alcool, l'épouse reproche en silence à l'époux de n'avoir pas su se mettre à l'abri. De n'avoir pas fait en sorte d'être moins amoché. Les sentiments se révèlent ténus. Mais il y a eu une promesse, un mariage, un joli nom.

Alors, elle considère que c'est son rôle. Elle apaise les terreurs nocturnes, ramasse des draps trempés de vomi, écoute le peu de souvenirs qui sortent d'Edwin – à minuit, à quatre heures, et puis le matin aussi – quelques mots balbutiants à la lecture de la presse. Sérieuse, les cheveux coincés derrière les oreilles, elle est pleine d'application. Elle pose des linges humides sur les cauchemars et ses grands yeux restent ouverts sur le malheur rentré, ses yeux noirs restent concentrés sur ce mari que la guerre lui a rendu abîmé. Elle prend soin d'Eddie. Le garnement est encore beau, seul l'intérieur a pourri.

Un jour arrive, le premier, où tenir un grand enfant dans ses bras et le bercer – où tenir un homme dans ses bras et le dorloter – lui répugne. Le miroir lui renvoie une vision obscène, l'enfant a commencé à la toucher. Dorothy est dégoûtée. Eddie a envie. Dorothy recule devant l'érection qui monte – se soumet.

Les semaines passent. Dorothy, qui préparait des dînettes avec application, oublie de prévenir qu'elle ne rentre pas entre le coiffeur et le théâtre. Chargée de la chronique d'environ neuf générales par semaine, elle vit quasiment sur Broadway. Elle ne rentre sur la 57e rue que pour changer de bas, s'asperger de Chypre et disparaître dans un nuage oriental de résine de labdanum. De temps à autre, en nettoyant son fume-cigarette, elle regarde les seringues de morphine. Parfois, avec la fatigue, l'énervement et le découragement s'accumulent contre son front. Elle pique une crise de nerfs, pousse les seringues à terre, sur le sol pas très net de l'appartement. Les cris de Dorothy sifflent, stridents comme un ordre de colonel et Eddie se bouche les oreilles. Ils forment désormais un ménage à trois : les Parker et leur unique enfant, le ressentiment.

Alors, d'une morbide chrysalide, la mégère éclot de l'infirmière. Inconsciente, Dorothy commence à se moquer de son mari. C'est à cette époque qu'elle se prend son premier poing dans la figure. Le lendemain, elle touche sa blessure de guerre à elle, bien visible celle-là, en délimitant de son ongle cassé la tache rouge. Lentement, elle se lime l'ongle impuissant à protéger l'œil, se masse les mains, puis le visage au fond de teint. Avant de sortir, c'est de la plus grande coiffe qu'elle se saisit, celle qui distrait l'observateur de ses rougeurs. A-t-elle toujours su que cela finirait ainsi ?

Dorothy étouffe, elle ne veut pas d'une autre souffrance d'homme. Son père, cet homme si doux, est mort de chagrin malgré ses soins, pourquoi, comment pourrait-elle donner de la force à un homme qui la bat ?

Il faut se venger. Dorothy invente des déboires de *cartoon* à Eddie. Devant son cercle chéri, à l'*Algonquin*, Dorothy diffuse, à mots choisis, son étouffement conjugal. Eddie est ridiculisé : déplier un trombone lui aurait donné une crampe. Sur l'instant, beau joueur, il rit jaune et tâche de faire bonne figure. À la maison, c'est celle de la jeune femme qui valse.

Dorothy n'a plus de compassion pour son mari. Elle est incapable d'aimer à nouveau celui qui est devenu une brute, qui la serre maladroitement. Il l'entreprend trop souvent, malgré une impuissance d'ivrogne.

Il arrive que chez Neysa McMein, la voisine de Dorothy, on soit gagné par une douce euphorie, étourdi par le gin que Neysa distille dans sa salle de bains. Un soir en particulier, l'air est imprégné de coriandre citronnée, d'eau distillée et de sensualité sophistiquée. Le rythme enlevé d'une chanson jouée en quatuor se fait léger, Dorothy bat la mesure et sourit à son triangle. Eddie voit ce sourire délicat, qu'il ne reconnaît pas, qui le bouleverse – tout est possible, encore. Il s'approche de sa femme, et lui susurre qu'il faut quitter New York, retrouver un peu de campagne, s'installer près de la famille à Hartford – et pose la main sur son ventre. L'épouse rejette son statut et la proposition d'un même mouvement d'épaule ferme. Elle regarde avec tristesse l'homme qui l'encombre dans les salons, ce gêneur lamentable. Branford, la plage, le ciel dans l'eau et les yeux dans les yeux de quand ils étaient amoureux… Va ! C'est loin. Des histoires de collégiens.

Ce sont les adieux qu'ils font à leur couple.

Chapitre cinq

Haute société
New York, Noël 1919

Fin décembre 1919, un vent violent s'engouffre entre les blocs de Manhattan, un vent glacé qui fait claquer les manteaux mal fermés. Mais c'est presque Noël, et sur la Cinquième Avenue, les badauds sourient aux réjouissances à venir – les voilà qui en marchant rattrapent les voitures, toutes à l'arrêt. Un jeune garçon, casquette enfoncée sur le front, fait mine de dédaigner le faste des vitrines devant lesquelles on s'agglutine. La cloche de l'Armée du salut tinte devant chez *Stern*. À même le trottoir, un vendeur de rue arrange une pyramide d'ours en peluche. Dorothy se penche vers les jouets, et, comme à l'étal du grand magasin, réclame : « Deux ours et un paquet, je vous prie. » L'idée du duo lui est chère, à elle dont le mariage s'étiole. Les amours de Condé et de Clarisse se sont taries, elles aussi. Avec un sourire machinal, le colporteur tend les oursons contre la monnaie. *Merry Christmas, Miss !*

L'hiver frigorifie l'Hudson River, mais chez Condé Nast, on respire le printemps, les fleurs fraîches embaument le vestibule. Des paniers d'hellébores emplissent d'immenses centres de table, la livrée des valets de pied enserre les tailles athlétiques de serveurs presque aussi distingués que les invités. Les femmes ont revêtu de longues robes qualifiées jusqu'alors de « déshabillés ». Dorothy abandonne les peluches à une femme de chambre : « Ne les séparez pas, s'il vous plaît. Je vous confie les Roméo et Juliette des oursons. »

Jetant son manteau, son chapeau, ses gants, elle sourit à sa silhouette, coquet reflet moiré encadré par un miroir doré. Elle s'avance, le port de tête altier, la démarche conquérante de celle qui a mis la ville à ses pieds. De l'autre côté du salon de réception, les assiettes de macarons.

L'allure élégante, le maintien sportif, ce qu'il faut de dynamisme, deux hommes semblent deviser – quoiqu'ils continuent de parler boutique, une charmante urbanité masque leur travail acharné. Il s'agit de l'hôte de la réception, Condé Nast, qui s'adresse à son bras droit, Franck Crowninshield.

– Dis-moi Franck, comment trouves-tu le champagne ? Assez frappé ? Je voudrais dire un mot à cette jeune femme qui chronique les spectacles, est-elle ici ?

– Ton champagne ravit le palais et anesthésie ma prudence... Mon cher Nast, au prix que je lui paie, je devrais dire, que *tu* lui paies la copie, il faut bien qu'elle joue les pique-assiettes chez toi... Bien sûr qu'elle doit être par ici. Avantage en nature du poste, n'est-ce pas !

– Très amusant, mais je dois la prévenir, Franck. Le département publicité peste, les annonceurs font pression. Si elle ne met pas d'eau dans son vin, elle devra vendre sa fourrure !

– Dorothy, de l'eau dans le bordeaux ? Quelle drôle d'idée…

Et, avisant Dorothy, Crownie de s'écrier :

– Chérie, viens donc par là ! Ce cher Nast est extravagant, il se soucie de vos finances.

À regret, Dorothy dépose le petit-four au creux de sa main. Ces gens ne s'inquiètent pas assez de la reconstitution de sa force de travail.

– Qu'avez-vous pensé de la pièce d'hier, Mrs Parker ? Et, s'il vous plaît, montrez-vous raisonnable, demande Condé Nast.

– *Well, well*… Absolument merveilleuse, l'interprétation n'a pas dérangé mon tricot. Je conseillerai à mes lecteurs d'apporter un roman, tout le monde ne manie pas l'aiguille, évidemment…

Dorothy se permet un bref soupir de lassitude et croque enfin dans le sucre rose. Condé Montrose Nast, lui, manque de s'étouffer malgré son millésime parfumé. Son flegme ne résiste pas à cette nouvelle attaque, encore une production théâtrale menacée par la critique vipérine de Parker.

Robert Benchley surgit, telle une bonne fée à moustache et col rond :

– Mrs Parker, voyons, notre hôte est fragile…

Et voici Dorothy qui s'éloigne à son bras, « merci, Fred ». Sa robe à motif grec lui attire des regards étonnés, elle s'en aperçoit, fait celle qui n'en a cure. Un décolleté carré, une tenue de jour, totalement décalée contre le smoking de Fred, une robe qui dit : « non, ma vie, ce n'est pas seulement d'être en représentation ». Mais c'est indubitable, elle aime ça : paraître, agiter son fume-cigarette nacré.

Certaines fins de semaine, elle retrouve sa sœur pour le thé. Elles s'irritent l'une l'autre, ne partagent plus rien. Helen a dépassé la trentaine, peste contre un mari, une belle-famille, des enfants turbulents. Chez Maillard, le confiseur, Dorothy achète des friandises colorées pour faire passer le mauvais goût de l'entrevue. Soudain émue, elle en fourre plusieurs paquets entre les mains d'Helen. Elle se sent coupable et veut sur-le-champ fuir loin, très loin. Au salon des Nast, par exemple. Plus l'heure avance et plus le badinage y est vif, et plus les échanges y sont enlevés ; la devise est explicite et facile à retenir, c'est le sacro-saint principe de la conversation : ne pas s'ennuyer, ne pas ennuyer son voisin.

C'est placé sous l'égide de cette règle de vie que paraît *High Society, Hints on How to Attain, Relish – and Survive It*, soit « Haute société, Conseils pour y parvenir, y goûter – et y survivre ». Dans ce « guide illustré des manières de nos cercles distingués », Franck Crowninshield orchestre les talents d'humoristes de ses collègues Dorothy Parker et George S. Chappell. Au pinceau d'Anne Harriet Fisch, la douce illustratrice des couvertures acidulées du magazine, il demande de rehausser le raffinement des saynètes. La foire aux vanités new-yorkaise y est décrite avec l'autodérision de ceux qui en maîtrisent les codes. Ainsi, au lecteur de se représenter « l'horreur ultime » : une grève de ces indispensables valets de pied, lesquels se décideraient, dans ce cauchemar, à réclamer des livrées moins strictes et des salaires plus élevés, abandonnant les invités de leurs employeurs à la famine, et pire encore… les laissant en face à face. Délicate fantaisie, ce faux manuel de savoir-vivre et vraie mosaïque de facéties fait rentrer quelques droits d'auteur dans les finances des Parker.

Mais ce succès n'empêche en rien le cours des événements et, un jour de janvier 1920, Franck, l'ingrat, convie Dorothy au *Plaza*. Sur le bureau de Parker, la note dit : *Happy Un-Birthday*, « Joyeux non-anniversaire ! ». Toute la matinée, Benchley, Sherwood et Parker réfléchissent à ce qui est promis à Dorothy-Alice. À midi, Dorothy laisse ses collègues, elle se couvre et part à la recherche du lapin blanc. La bonne surprise, c'est l'ouverture du café aux femmes. La mauvaise, c'est qu'au restaurant, comme on doit désormais l'appeler, Crownie se sépare de Dorothy.

– Dottie, c'est peut-être mieux ainsi… Non, n'allume pas de cigarette, je ne pense pas que leur tolérance aux dames s'étende jusque-là.

– Quel ennui, Crownie ! Et quelle ânerie ! C'est à cause des photos de cadavres que j'ai accrochées au bureau ?

– Non, *dear* Dorothy, c'est *vraiment* parce que tu n'as pas entendu les remontrances du patron. Cela n'a rien à voir avec ces abonnements macabres que vous avez souscrits, Benchley et toi.

Mortifiée, Dorothy revient seule au bureau. Au-dessus de la Sixième Avenue, le métro aérien fait trembler les immeubles adjacents, et lorsque la rame s'immobilise, elle répand des odeurs de cendre. Était-ce la semaine passée ? Une de ses feuilles de chou préférées titrait quelque chose comme : « Depuis les rails, elle se jette dans le vide. » Parker rajuste son chapeau et, refoulant l'angoisse, descend du wagon sur la pointe des pieds.

À l'angle de la 44e rue, dans les locaux du journal, Dorothy conclut qu'on lui reproche d'avoir du goût, et de l'affirmer. Crownie ne serait qu'un hypocrite. Benchley et Sherwood ont du mal à y croire, déçus et peinés. Quelque chose s'est brisé, mais celui qui les a rapprochés ne peut les désolidariser. Tous les deux saisissent leur plume et écrivent leur lettre de démission. Une page de *Vanity Fair* se tourne.

Chapitre six

Un ciel de réclames
New York, 1921

Celui qui vient à New York pour la première fois, l'industriel de l'Ouest ou la première communiante, ceux-là ne descendent pas à l'*Algonquin*. Ce n'est pas sur la 44e rue que l'on entend les galops des enfants dans les couloirs comme au *Plaza*. Refuge des artistes sur Times Square, l'hôtel *Algonquin* est d'abord la résidence préférée des comédiens de Broadway. On aime alors loger à l'hôtel, tout près de son partenaire à la scène comme au bar. L'esprit dionysiaque de l'antique saltimbanque, on le retrouve ici, qui anime d'un feu ancien les plus modernes des résidents.

Au *Gonk*, les règles en vigueur sont les mêmes qu'ailleurs, mais la tolérance de Franck Case, le directeur, en fait une affaire très rentable. Quand Dorothy viendra habiter tout à fait l'*Algonquin* en y louant un appartement, Case lui reprochera un jour d'accueillir un gentleman dans sa chambre. Ce à quoi Dorothy répondra, d'un air contrit : « Un gentleman ? Je ne sais pas, je vais le lui demander. »

En ce mois de mars 1921, Franck Case a cessé de poursuivre Tallulah Bankhead de ses conseils pour paraître en société. Le manager a abdiqué : « Soit je surveille Tallulah, soit je dirige cet hôtel. Mais je ne peux pas faire les deux ». Parker a adopté ce jeune faon gracieux en la voyant se cacher dans la colonnade du hall, l'oreille tendue vers la conversation des Barrymore. Pour apprendre la comédie, Tallulah a pratiqué durant des mois la répétition acharnée : elle se rendait tous les soirs dans le même théâtre, assister aux représentations de la même pièce, ne variant de programme que lorsqu'Estelle Winwood, son modèle d'élocution anglaise et d'occupation de l'espace, faisait relâche. L'actrice s'est laissé séduire par cette jeune admiratrice. Dorothy réclame de Tallulah qu'elle se lave les cheveux et change de robe, Estelle la fait déjeuner à ses frais.

Ces dernières années, Dorothy, qui a été une solitaire petite dernière, a trouvé avec Banky un rôle de grande sœur qui lui convient davantage. Tallulah comme Dottie est orpheline de mère, l'une et l'autre ont vu dépérir leur père sous le chagrin du deuil. Et même si celui de Tallulah est encore vivant, c'est armé d'une très faible autorité qu'il conseille à Tallulah d'éviter les hommes et l'alcool. Sa fille ne l'évoque que pour dire : « Mais il ne m'a pas prévenue, pour les femmes et la cocaïne ! »

Presque tous les soirs, Tallulah s'assoit tout contre Dorothy. Là, elle boit quasi littéralement ses paroles. Leurs deux belles têtes brunes, les cheveux emmêlés, Tallulah apprend à se défendre devant un impitoyable public de critiques : Alexander Woollcott du *New York Times*, F.P.A et Heywood Broun du *Tribune*. Mais Dorothy est la meilleure professeure de New York en matière de repartie, et Tallulah apprend vite.

Un après-midi, Parker revient en trombe au *Gonk* pour un carnet de notes qu'elle a dû laisser glisser quelque part sous la table ronde. Tallulah y est encore installée, son petit visage enfoui dans les mains, son renard en écharpe malgré la chaleur du chauffage. Elle a les yeux rivés aux anecdotes croustillantes d'une gazette. Sans relever la tête, elle dit :

– *Dahling*, pourquoi est-ce que tu t'obstines à emporter des carnets ? Tu passes ton temps à les perdre et à les chercher. Le dernier est ici, je l'ai trouvé sous la chaise d'Alec.

– Oh, merci Tally, tu es formidable. Que puis-je pour toi ? Veux-tu que nous allions acheter un nouveau chapeau chez *Bergdorf* ?

– Non, c'est gentil. Je t'accompagne chez Condé Nast, demain ?

– Tally *dear*, je ne peux pas te faire inviter comme ça…

Dorothy s'assoit et fait signe au serveur qui apporte un café noir. Il faut trouver quelque chose qui amuse Condé, c'est la clé. Un ange passe, Banky rajuste la ceinture de velours sur sa robe et attend.

– J'ai une idée, dit enfin Dorothy. Tu peux refaire ton imitation d'Ethel Barrymore au réveil ?

Tallulah sourit et rejette la tête en arrière, très grande dame… Dottie l'interrompt :

– C'est d'accord, je te fais inviter.

Puis Dorothy repasse la porte de l'*Algonquin*, hèle un taxi et retourne au magazine. Au-dessus de la 31e rue, dans le bel immeuble de *Life*, Fred et elle partagent un bureau minuscule dans lequel les deux amis travaillent face à face. Dorothy y a installé sa machine à écrire, sa grammaire anglaise et, sur le rebord de la fenêtre, quelques volumes de poésie. C'est tellement exigu qu'elle précise souvent : « Trois centimètres de moins, ce serait de l'adultère. »

Cet après-midi, elle y travaille sans relâche, écrivant et broyant le papier à intervalles réguliers. Les heures passent, et la rumeur d'une conférence de rédaction finit par la déloger. Dorothy abandonne sa table, avec sur le visage le masque un peu pitoyable de l'écolier à qui on arrache son devoir. Elle traverse la bibliothèque, et sans savoir comment, elle passe du troisième étage au seuil de l'immeuble. Au coin de la 31e rue Dorothy s'engage sur Broadway, en direction du nord. Elle veut commencer le retour à pied, respirer sa ville, l'entendre, la sentir, comme elle faisait avec Thorne – comme c'est loin, déjà. « L'idée qu'on pût habiter ailleurs qu'à New York lui avait toujours paru du plus haut comique », écrira-t-elle bientôt. Elle regarde un homme-sandwich se débarrasser de ses pancartes ; pour lui aussi, la journée se termine.

Mais très vite, la pluie contrarie ce pauvre projet de promenade, l'éponge de la mince bande de ciel a crevé sur la pointe d'un gratte-ciel. En quelques instants la circulation qui était fluide malgré l'affluence se tend, des centaines de mains faisant le même geste pour arrêter une voiture. Depuis son taxi, Dorothy ne distingue plus aucune image du dehors, le déluge ajoute à sa mélancolie du crépuscule, elle est désolée sans savoir pourquoi. Une impression tenace l'oppresse, elle s'imagine dériver vers les eaux pélagiques de l'Atlantique, la presqu'île de Manhattan se détachant du continent.

L'immeuble de Neysa McMein et des Parker a beau ne pas avoir grand-chose pour lui excepté sa proximité avec le Carnegie Hall et un restaurant au rez-de-chaussée, le studio de sa voisine a les faveurs de la bohème new-yorkaise. Dans l'escalier, Dorothy gratte le revêtement mural vérolé. L'humidité produit des suintements et des cloques sur lesquelles elle appuie avec l'extrémité de son gant. *Ce sont les signes de la sixième plaie d'Égypte, les furoncles*, pense-t-elle. *C'est Dieu qui veut qu'Eddie me laisse tranquille…* Elle hésite à continuer de gravir les marches de son Golgotha personnel. *Je pourrais m'arrêter chez Neysa, mais à coup sûr ce sera encore bondé.*

Sous un ciel punaisé de dizaines et de dizaines de réclames de l'illustratrice se rencontre chaque soir ce que New York compte d'artistes en vogue, d'émigrés européens et de jeunes intellectuels. Pour Coca-Cola, Palmolive ou Lucky Stricke, Neysa reproduit les boucles blondes qui font son charme. Rarement, il lui arrive d'engager un modèle, quand une beauté la frappe par son originalité.

C'est ainsi qu'elle repère la jeune Anaïs Nin, laquelle n'a pas vingt ans lorsqu'elle pose pour Neysa. Anaïs écrit dans son journal que McMein serre sa chevelure dans un mouchoir de soie rouge, qu'elle porte une blouse de travail bleue et garde ses mules aux pieds toute la journée. Accoutrée de la sorte, Neysa entretient une image d'étudiante fauchée qui n'a rien à voir avec la réalité. Dorothy, qui fréquente McMein avec assiduité depuis qu'Eddie est devenu violent, ne parvient pas à s'en faire une idée claire. Neysa invite tout le monde et ne donne son avis sur rien, sauf sur ce droit à conserver son nom qu'il faudrait conférer aux femmes mariées. Cela fait bouillir Dorothy, qui a payé cher l'autorisation inverse. Hors de question d'aborder le sujet avec Neysa : on ne se dispute pas avec ses voisins.

Sur le palier, Parker se décide à frapper. Après quelques instants, la porte s'entrouvre sur une compagnie restreinte, seul le violoniste Heifetz est là qui accorde son instrument. Dorothy marmonne :

– Tu as vu l'heure, je renonce à rentrer chez moi.

Neysa sourit avec indulgence à Dottie. Souvent, des bruits sinistres descendent du troisième étage. Neysa ne monte plus – on ne lui ouvre pas et elle sait ce qu'il en est. Elle augmente le son du gramophone qui couvre le malentendu, quel qu'il soit. Elle ne comprend pas ce qui fait rester Dorothy là-haut. Le romantisme des coups lui échappe totalement.

Neysa fait signe à son amie de s'installer sur l'ottomane et lui sert un verre de ce mauvais porto dont le sucre colle au palais. Heifetz commence à jouer et Dorothy l'écoute donner une résonance orientale à son mal de vivre.

Chapitre sept

Monsieur Durant
New York, hiver 1922-1923

Dorothy est amoureuse. Rien à voir avec sa passion de jeune fille pour Eddie, rien à voir non plus avec un strict désir charnel. Charles MacArthur vient de Chicago, où il occupait un poste de journaliste et cajolait une femme d'intérieur. C'est quand il décide de conquérir Broadway qu'il s'avise que ni le premier ni la seconde ne conviennent à son idée de la gloire.

Il a déjà vaincu la plus jolie fille de l'*Algonquin*, ce qui n'est pas rien. La cour de confidents de Dorothy lui ouvre grands les théâtres et leurs coulisses. Ce gros chapon d'Alexander Woollcott y met spécialement du sien, lui qui croit présider à tous les rapprochements new-yorkais.

Les yeux dans les yeux, la main dans la main, Parker et MacArthur flânent dans Manhattan entre chien et loup, cette heure qui effraie tant Parker. Charles n'imagine pas le ravissement qui est celui de Dorothy. Il se promène au bras d'une élégante, acclamée, fêtée, il en conçoit une fierté de propriétaire. Quel malentendu. D'un bras, il tient sa femme-trophée, de l'autre, la laisse du chien.

New York accompagne la balade des amants insouciants de mille sonorités qui créent leur mélodie du bonheur. Et même le malotru qui se hâte et les bouscule fait partie de ce cinéma de la promenade. Au clair de néon, Dorothy et Charles se mirent dans les reflets de Manhattan, ils admirent la finesse de leurs beaux visages fins penchés l'un vers l'autre… Trompeur Manhattan ! Les reflets d'acier restent parfaits, aucune buée d'amour tendre ne saurait les ternir. Ville magique ! Ville fantastique… Ville maudite, ville d'artifice ! Leur couple n'est rien qu'une illusion de la réverbération.

Le soir, la nuit, tout le jour, Dorothy, béate, revoit et revit ces petits riens qui font les débuts d'une vie à deux. Ces cigarettes qu'ils achètent ensemble, ces phrases qu'ils terminent de concert, on parle d'une seule voix, on devine le désir de l'autre – et parlons-en des désirs et du sexe qui enfin la comble. Le sentiment d'avoir trouvé l'homme idéal, sa moitié perdue des temps platoniciens. L'enchantement est puissant. Le sexe triomphant.

Dorothy jubile, Dorothy en oublie qui elle est, une femme qui écrit, et qui en vit. Une femme qui se déplace de réception en première, qui fait de cela des nouvelles, des poèmes. Une vie de noctambule, de funambule. Sortir, se gorger d'inspiration et de cocktails, revenir, écrire, dormir – recommencer. Dans son éternel retour à elle, trouver Charles, s'en amouracher à la vie à la mort, et de cet amant adoré, se trouver, comme c'est inconséquent, enceinte.

Les signes sont là qui devraient attirer son attention. Les nausées, les douleurs, les seins si durs. Charles ne voit rien, ne sent rien, Dorothy lui apparaît plus radieuse encore, embellie par sa grâce, par son appétit à lui. Charles est vaniteux. Le temps passe, Charles se lasse. Il espace les visites, reporte les étreintes. Il élude les retrouvailles du matin, celles du soir, les retrouvailles d'après l'amour et celles d'après l'écriture.

Dorothy ne prend pas la mesure de ce temps qui se dilate, au fur et à mesure que son ventre en fait autrement. Elle pense que Charles l'aime comme elle l'adule. Il reste de la jeune fille en elle, une naïveté candide chez une femme de trente ans, de celles qu'on dit averties parce que mariées. Quand Dorothy réalise que ses nuits deviennent solitaires, elle cherche Charlie, l'appelle au téléphone – en vain. Elle exige à l'*Algonquin*, puis elle supplie chez Neysa. Elle tempête, et c'est le malheur. Désormais, Charlie est partout chez lui. Dorothy tremble de ce qu'elle lui a offert.

Un matin, elle n'ouvre pas les fenêtres de son appartement. Le lendemain et le surlendemain non plus. Elle, l'imprévoyante, avec un bébé dans le ventre, ça n'a pas de sens. Comment vivre ainsi ? Avec un nourrisson malade les soirs de première ? Avec un enfant à mener à l'école quand elle fait profession d'oiseau de nuit ? Sans mère pour la conseiller, sans père pour la rassurer, sans personne sur qui se reposer si elle ne sait pas faire. Il lui faudra décidément tout sacrifier à sa vocation.

Trop de semaines ont passé. L'intervention est devenue illégale et dangereuse, et elle sera douloureuse. Mais Dorothy ne veut pas d'enfant seule, et pire encore, sans lui, sans

Charlie. C'est une femme abandonnée qui refuse la preuve de son désastre. Dorothy cherche du soutien auprès de Neysa qui l'accompagne à l'hôpital du West Side. L'avortement se passe mal, le bébé était plus installé que Parker ne l'avait affirmé.

Et puis, quelques jours après cet acte d'ultime désespoir, elle pense soudain qu'elle a écarté la dernière carte qu'elle pouvait jouer. Né, l'enfant lui aurait rendu Charles. Il n'aurait pas résisté à un petit être qui leur aurait ressemblé à tous les deux. Mais en bouffées grimaçantes lui apparaissent ses soirées de célibataire, les interminables sonneries du téléphone, toutes les preuves d'un amour depuis longtemps à la dérive, quelques semaines seulement après la fulgurance de leur rencontre. L'enfant n'aurait pas fait revenir son amant, elle doit en convenir.

À partir de ce moment, Dorothy se laisse glisser dans une spirale de dévalorisation. La dépression l'engloutit. Pendant des jours et des nuits entières, elle voit les pieds minuscules battre l'air avec frénésie en dehors d'elle, comme un naufragé brasse l'eau qui déjà le noie. Réalité déformée, cauchemar éveillé, le retour dans son appartement vidé du mari et déserté par l'amant est terrifiant. Sur la console de l'entrée gît l'enveloppe que MacArthur lui a fait porter. Le pli contient le montant approximatif d'un avortement hors délais. Dorothy parle à Neysa de ces dollars comme des trente deniers de Judas.

Aujourd'hui, dimanche 7 janvier 1923, sa décision est prise : elle ne survivra pas au crépuscule. Elle ne veut pas voir l'aiguille du réveil atteindre les sept heures du soir. Dans la salle de bains, le cœur en lambeaux, elle fait glisser un rasoir d'avant en arrière sur ses poignets. Ses bracelets se mouillent de sang et elle perd connaissance. Comme chaque soir, le serveur des *Alpes suisses*, le restaurant du rez-de-chaussée, ouvre avec sa clé pour poser le plateau. Il appelle Dorothy pour la signature de la note. Surpris de ne rien entendre que le chien qui geint, il pose le repas sur le sol du couloir, traverse la chambre, et trouve la jeune femme inanimée sur le carrelage.

*

Les jours commencent à s'allonger, le crépuscule surgit de plus en plus tard. Dorothy se rétablit dans une chambre claire, aux fenêtres caressées par le feuillage du févier. Elle réfléchit à son déménagement à l'*Algonquin* ; inutile de remettre les pieds dans l'appartement de l'humiliation. Et de son lit, elle travaille à une nouvelle que publiera l'*American Mercury* quelques mois plus tard. Celle-ci raconte l'histoire de Monsieur Durant, un brave père de famille qui reprend pied après « les ennuis » de sa maîtresse, Rose. Toutefois, grâce à une connaissance commune qui connaissait « quelqu'un » qui pouvait « dépanner » Rose, « chaque chose a repris sa place dans l'univers ».

Chapitre huit

Pendez-la !
Boston, août 1927

C'est la participation d'Edna St. Vincent Millay au comité de soutien de Sacco et Vanzetti qui a décidé Dorothy à prendre parti. Car Dorothy reconnaît au moins deux maîtres en poésie : Emily Dickinson, qui transcende l'infime et l'intime, et Edna St. Vincent, dont la grâce lyrique est indépassable. À Emily, personne ne peut se mesurer, mais à Edna, contemporaine, moderne, émancipée, Dorothy peut se comparer – mieux, s'identifier. Lorsque paraît le poème d'Edna, « Justice Denied in Massachusetts », lequel imite l'image pastorale pour mieux défendre les Italiens accusés, cela devient une certitude : les femmes de lettres peuvent être indépendantes et elles doivent être engagées.

Cette année-là pourtant, Dorothy va mal. D'Europe, de chez les Murphy, elle a rapporté quelques nouvelles, mais rien de très substantiel. Elle est en mauvaise santé, et les réimpressions d'*Enough Rope* ne suffisent pas à payer ses dettes de clinique. Le groupe des joyeux lurons de l'*Algonquin* se retrouve de moins en moins souvent, à mesure que la célébrité des uns et des autres augmente. Harold Ross, devenu un patron intraitable, néglige l'aide apportée par Dorothy à la fondation du *New Yorker* : lorsqu'il lui propose une colonne récurrente, Parker doit négocier pour en obtenir une rémunération correcte. Ross ne vit plus que pour la publication dont il veut assurer la pérennité, quitte à se montrer ingrat. Dorothy comprend que l'économie du pays tremble.

Une haine confuse contre les immigrants, les étrangers, les Italiens, les Juifs, les Russes, se durcit. Le Ku Klux Klan défile, masse compacte et monstrueuse, jusque dans les rues de Washington. La peur du rouge se fait rage. L'apparente prospérité américaine de cette période masque la figure du vagabond, le traumatisé des tranchées que la société veut oublier et qui ne parvient pas à se réinsérer. Ce pionnier déchu en hobo, bien sûr, Dorothy ne le rencontre pas à Manhattan. Mais elle en voit d'autres, attendre la soupe populaire, grossir les rangs des chômeurs qui défilent, les détails de leur dénuement placardés sur la poitrine : « père de famille, vétéran, diplômé, trente ans, recherche travail décent, quatorze ans dans les chemins de fer de l'Illinois ».

Quant aux jazz-bands qu'elle applaudit dans des clubs sélects, Dorothy sait que leur sécurité ne tient qu'aux arrière-cours qui favorisent la fuite. Les musiciens s'enfoncent dans une obscurité salvatrice dès le concert terminé. Pauvreté, racisme. Antisémitisme, aussi. Celui de ses propres amis, même : celui-ci, méchant et ordinaire, Dorothy s'efforce de le nier. Autour de la table ronde de l'*Algonquin*, Kaufman lui garde rancune de le laisser y faire face, seul, depuis tant d'années. Unique représentante du sexe faible animant une coterie masculine, première femme critique à *Vanity Fair*, Dottie estimait qu'il était trop difficile de courir plusieurs lièvres à la fois. Aussi longtemps s'est-elle tue, écoutant les exclamations d'Alexander Woollcott avec un souverain détachement et une indulgence coupable. Sa carapace en devenait toujours plus dure.

Quand surviennent les accusations de meurtre formulées contre Nicola Sacco et Bartolomeo Vanzetti, le pays entier se divise à propos des anarchistes italiens. C'est une affaire Dreyfus à l'américaine : le débat éloigne les amants, sépare les familles, dénoue les amitiés. Contre Alec, Dorothy défend l'innocence de Sacco et Vanzetti. Heywood Broun renchérit, Benchley refuse de prendre parti, autour de la table ronde, le silence succède à l'éclat des disputes.

Ce scandale judiciaire ébranle les mécanismes de survie de Dorothy, il fait voler ses défenses en éclats de conscience. « Sept années de procédure pour produire des preuves falsifiées, c'est une parodie de justice », assène Dottie à Woollcott une dernière fois, avant de tourner les talons, droite et sévère. Alexander observe la silhouette frêle et chancelante de Dorothy quitter le restaurant. Elle a passé les dernières semaines à l'hôpital presbytérien de la 70e rue, tant le rythme qu'elle s'impose l'a menée au dernier stade de l'épuisement. « Il lui manque dix kilos pour être saine et valide », estime Woollcott, implacable. En un éclair, il entrevoit la satisfaction de moucher sa vieille amie et hurle en direction de Dottie : « Charité bien ordonnée commence par soi-même ! »

Parker met cette idée de côté et se prépare à rallier Boston, où l'exécution s'organise. Elle monte dans le train à Penn

Station, ceinturée d'une robe brodée et chaussée d'escarpins vernis.

Le pas hésitant, la face blême, Dottie manifeste en chapeau cloche, armée de sa seule fierté d'élégante. Au pire, la foule scande tous les noms d'oiseaux possibles, tout ce qui vaut insulte. Une Amérique chante l'*Internationale*, l'autre s'en moque, lui rotant son soda au visage : « Pendez-la ! »

Au mieux, le passant se gausse. Il a le temps de voir la poétesse avancer sur la chaussée : le cortège de protestation que Dorothy rallie le 10 août 1927 est clairsemé. La police montée y veille, qui distribue des coups de bâton à intervalles réguliers et rafle au hasard. Dos Passos, embarqué comme tout le monde malgré sa carte de presse, partage le panier à salade d'Edna St. Vincent. Cela lui fera dire, dans *La Belle Vie*, son autobiographie : « Cet été-là, manifester devant la chambre législative de Boston était "la bonne action par jour" pour les intellectuels de gauche. » Vieilli et amer, l'écrivain rejette loin de lui cette résistance qu'il avait autrefois magnifiée dans *U.S.A.* Injuste, il omet le nombre dérisoire de ces intellectuels se tenant debout sous les huées.

Dorothy finit la journée au trou, comme les autres. Elle n'a d'autre choix que de contacter le soupirant qu'elle a récemment privé de ses droits d'amant. Bien que leur relation sentimentale ne tienne plus qu'à un fil, Seward Collins se montre fidèle et empressé. Il se précipite pour payer la caution et faire sortir Dorothy du poste de police. Aux journalistes qui se pressent, elle exhibe ses avant-bras et déclare, acerbe : « Les policiers n'ont pas pris mes empreintes, mais ils m'ont laissée les leurs. »

Pour la promeneuse de New York, la condamnation à cinq dollars pour vagabondage s'apparente à une farce. Ce qui ne l'est pas, c'est que rien ne suffit pour empêcher l'exécution des deux hommes. Le texte de H.G. Wells en faveur des anarchistes est interdit de publication. L'appel de Millay au gouverneur Fuller balayé d'un revers de manche. Les marches populaires de Boston, de Paris, de Londres, inutiles.

L'engagement, le plus souvent voué à l'échec, n'en demeure pas moins digne d'être mené. Dorothy en est désormais persuadée, au plus profond d'elle-même. Nicola Sacco et Bartholomeo Vanzetti périssent sur la chaise électrique le 23 août 1927. La veille de l'exécution, Dorothy a fêté sans joie ses trente-quatre ans et sa passion pour les causes perdues.

Chapitre neuf

Sonnets in Suicide
Été 1929, Antibes

Depuis qu'elle est arrivée chez les Murphy à Antibes, Dorothy goûte un bonheur serein. Adieu la mélancolie ! Si Alec pouvait la voir, dans la plénitude de l'instant ! Les yeux clos, pieds nus sur la terrasse de marbre gris, écoutant Bach en peignoir de bain… Woollcott ne pourrait la reconnaître qu'en humant la Chesterfield qui fume à sa main droite. Sara et Gerald ont le don d'apaiser les artistes les plus angoissés, et la nervosité de Parker ne résiste pas à leur affection bienveillante, à leur généreuse hospitalité.

Dorothy est troublée par leur mariage heureux. L'union sans nuage des Murphy lui évoque la romance de ses parents, laquelle n'a pas manqué d'atteindre, au fil des ans, une dimension quasi mythologique pour la jeune femme au romantisme contrarié. Le couple manifeste à Dorothy une tendresse quasi filiale, et sans réserve, celle-ci se confie à Sara.

Elle lui raconte qu'elle espère avancer son projet de roman, nom de code *Sonnets in Suicide*. Immédiatement, Sara change ses plans et installe Dorothy dans la petite bastide provençale, annexe de leur Villa America ; ainsi, Dottie peut s'isoler quand elle le souhaite. Parker en a les yeux mouillés de reconnaissance, l'avance qu'elle a reçue de Viking Press, aussi substantielle soit-elle, ne lui permettait pas de financer un ermitage new-yorkais.

And, anyway, pour lui donner une chance, à ce projet, il fallait partir. Fuir Garrett, cet amant brutal dont les coups l'ont épuisée, mais fuir, aussi, la dissipation mondaine et vivre plus simplement.

Parker s'est sentie revivre dès qu'elle est arrivée dans cette maison carrée, entourée de magnolias, parfumée par le mimosa. En contrebas des citronniers, la Méditerranée, l'île Sainte-Marguerite – qui était vraiment cet homme au masque de fer qui y fut emprisonné ?

Tous les jours Dorothy nage dans cette direction, ce qui fait sourire Gerald : « Au tricot et à la brasse, tu fais tes deux kilomètres. » Le midi, après le déjeuner des enfants, les adultes s'étalent sur la plage de la Garoupe. Sous un parasol à rayures, « au seul endroit où il n'y a pas de vent ! », ils mangent des tomates mûres et boivent un vin local. Les Murphy ont aussi invité Benchley, sa femme et ses garçons, et la joie de partager cet été avec Fred augmente le plaisir de Dorothy.

Un soir de joyeuse et douce ivresse, le groupe prend la voiture pour Juan-les-Pins. Dans un recoin du casino, Dorothy se laisse aller au flirt de l'été. Dans les bras de Laddie Sandford, un bellâtre au visage épais et aux yeux méchants, elle efface par surimpression le souvenir de John Garrett.

À sa sœur Helen, elle conte son aventure en quelques mots : « Je ne le reconnaîtrai pas, je crois. Le sexe ne signifie plus rien pour moi ». Puis, se reprenant, elle complète sa lettre : « de toute façon, les joueurs de polo, ça ne compte pas ».

Les semaines passent. Les Benchley reprennent la voiture pour Paris et le bateau pour New York. Dorothy reste. Les feuillets sont chauffés par la machine à écrire avant de tomber dans le panier tressé qui fait office de corbeille. Parfois l'osier du fauteuil la gratte, elle se lève et va à la fenêtre fixer les fruits des figuiers blancs et noirs. « Je déteste les figues. » Sa motivation vacille. Elle retourne s'asseoir dans son peignoir à fleurs et allume une cigarette. Elle songe à Harold et George, ses deux éditeurs, les jeunes fondateurs de Viking Press. Ils ont quelques années de moins qu'elle et ne l'en vénèrent que davantage. Pour eux, aucun doute : une fois que les lecteurs de Parker sauront qu'elle prépare un roman, « ils déboucheront des magnums de champagne ».

Sauf que Dorothy, poète avant d'être journaliste, journaliste avant d'être scénariste, préfère la forme brève : c'est comme ça qu'elle écrit, c'est comme ça qu'elle vit, et ces deux expressions sont synonymes.

– Enfin, un roman, ça doit pouvoir se faire, soupire-t-elle en exhalant la fumée vers le mur.

Il lui vient un sourire en pensant à son ami Ernest Hemingway, resté à Paris, lui qui dit du roman : « Cette chose qu'adorent tous les couillons. »

Sortant de sa rêverie procrastinatoire, Dorothy saisit Timothy et le dépose dans son giron. L'œil du terrier écossais se fait implorant, elle lui gratte la tête, ils sont sans souci. Puis elle se lève et suit le chien dans le jardin, là où Sara joue avec les enfants et caresse Mistigris, un singe aux poils clairs, longs et doux. Mistigris a réussi avec Sara là où Picasso a échoué : il est plus câliné que Gerald !

Dorothy rayonne, elle n'est pas encore en retard sur ses engagements. Elle garde Timothy sous le bras pour lire quelques pages de journal. Honoria passe ses doigts dans les cheveux emmêlés de Dottie.

– Il faut les laver après le sel !

Dorothy sourit à l'enfant blond, gracieusement androgyne encore, comme on sourit à une vision à laquelle on ne croit pas tout à fait.

– Mon petit ange, lui répond-elle avec un baiser.

Chez les Murphy, la compagnie est moins turbulente que trois ans auparavant, quand Dorothy découvrait la Riviera et à quel point les Fitzgerald sont insupportables en voyage. Ni Cocteau ni Picasso ne dessinent sur le sable, il n'y a que Gerald Murphy qui s'installe face à un chevalet. Sur la toile, une guêpe aussi longue qu'une poire s'apprête à y planter son dard.

Tandis que la chambre de Dottie se remplit de papiers cornés, de feuilles froissées, le *Garrett Blues* se dissipe.

Et puis la visite d'un médecin au chevet du petit Patrick brise une harmonie qu'on ne savait si fragile. L'édifice d'amour et d'anémones se lézarde brutalement. Pook ne souffre pas d'une bronchite, il est atteint de la tuberculose. À voix basse et sinistre, le docteur recommande un séjour en sanatorium, à la montagne. *Poor Little Pook.* Gerald et Sara pâlissent sous leur bronzage, il n'est plus question de charades sur le port ni d'excursion en Corse. En grande hâte, ils font les bagages et demandent à Dorothy si elle accepte de les accompagner – il n'y a aucun impératif, bien sûr.

Dorothy panique, en vitesse, elle câble à Fred : « Un conseil, vite ! » Aucune réponse ne parvient de Benchley, qui pèse trop bien les risques de chaque entreprise. C'est dans l'adversité que se révèlent les amis, certes, mais les artistes se doivent à leur œuvre. Or Dorothy suit son cœur et participe à l'exode suisse. Dans un premier temps, les préparatifs font oublier la destination du voyage. Lors des correspondances ferroviaires, le groupe est pareil à une troupe de cirque en tournée, adultes et enfants tirant sur la laisse des trois terriers, des deux pékinois, de Mistigris, particulièrement désobéissant, le chauffeur et la nurse peinant avec les bagages. À la douane, Dorothy note qu'il faut s'acquitter d'une « rançon de roi » pour faire admettre la ménagerie et les disques de Cole Porter dans le canton du Valais.

C'est quand tout le monde est enfin installé à mille cinq cents mètres d'altitude, après une dernière étape effrayante – un funiculaire remontant une façade escarpée jusqu'à la station de cure –, que Dorothy se rend compte du choix qu'elle a fait. Elle entend un cri de panique dont l'écho rebondit : c'est le sien, face à la sévérité des monts Blanc et Cervin.

Tout a changé. Plus de fruits du jardin, de légumes du marché, plus d'anisé, plus de bain de soleil ni de bain tout court, mais les éclairs tranchants de lumière qui percent la neige, la blancheur des draps bouillis, celle des « costumes de boucher » des médecins qui l'épouvante.

Parker est éblouie par ce blanc aussi impitoyable qu'un flash en pleine figure. Tout lui paraît froid et sec sauf les toux des malades, et Dorothy en vient à espérer qu'elles cessent, tant la variété des expectorations se fait entendre jusqu'au milieu de la nuit.

Si on respire mieux en altitude, l'atmosphère d'un sanatorium n'en reste pas moins suffocante. Même la journée, les infirmières assurent les soins en chuchotant. Elles vont et viennent sur la pointe des pieds, dans une sinistre esthétique. L'utilisation de la machine à écrire est si réglementée que Dorothy y a renoncé. La nuit, quand elle s'éveille d'un cauchemar, elle voit, posée sur la table, la valisette de l'Underwood qui lui fait l'effet d'un monstre sous un lit.

Gerald, lui, a refusé d'emporter son matériel de peinture. Il concentre toute son attention vers Patrick, comme s'il pouvait transmettre son énergie au garçon. Dorothy visite père et fils au chevet du second, et quand elle retourne à sa chambre, elle pleure sans savoir ce qu'elle fait là, en compagnie d'une famille dévastée qui n'est pas la sienne, avec un roman promis pour bientôt au point mort.

⋆

Rivée à son frêle bureau d'appoint, Dorothy s'épuise à faire surgir les personnages typiquement américains du grand livre qu'attend Viking Press. À la novelliste Katherine Mansfield, cela n'avait pas posé problème. Depuis le dernier étage de ce même chalet, elle s'était évadée du Montana pour hanter le Wellington de sa jeunesse. Mais pour Dorothy, c'est différent. Elle ne parvient pas à retourner sur la Cinquième

Avenue comme Katherine sur Tinakori Road. *Personne n'a jamais exigé de Mansfield un roman*, songe Dorothy. Le désespoir lui ferait presque envier Katherine, vaincue par la tuberculose il y a quelques années.

Mille fois peut-être en cette année 1930 Dottie a recommencé, usant son courage, malmenant son imagination, tournant et virant à l'intérieur d'elle-même. Pour tout loisir, les randonnées avec Gerald, qui ne la sollicite que pour des excursions escarpées. Quand au bord de l'abîme, il se retient de hurler, son accent *upper-class* vire à l'hystérie sur certaines syllabes. Dottie s'accroche aux genêts, le vertige l'écœure. En fin de journée, elle dissipe son malaise en partageant un gin avec Sara, laquelle pleure en silence face aux sublimes sommets alpins. Tout a viré au tragique.

Depuis un bref aller-retour à New York aux premiers jours de janvier, cela fait quatre mois déjà qu'elle est revenue habiter ce chalet, et elle n'a toujours pas un seul chapitre pour George et Harold. Elle évite de monter une nouvelle : elle en est certaine, il lui faut persévérer. Et pourtant, cela ne fonctionne pas. *Quoi qu'il en soit*, se dit-elle, *je soutiens mes amis*. Et c'est dans la location de sa chambre à la pension que disparaît la dernière avance de ses éditeurs.

Un matin de printemps, elle vient relever Gerald. Patrick l'accueille d'un sourire.

– Tu te souviens de notre chien Asperge ? Et de Dottie la poule ? J'ai rêvé d'eux, sur la terrasse de la villa !

– Quel rêve charmant ! répond Dorothy, la voix brisée de regrets, en sortant de son sac une feuille de papier. Une partie de *Consequences* ?

Pendant que Dorothy s'installe, Gerald titube de fatigue sur un fauteuil. C'est à ce moment-là que Sara, Honoria et Baoth font une entrée bavarde. Le ton monte entre Baoth, l'adolescent remuant, et Gerald, le père harassé de fatigue. Sans que personne puisse s'interposer, Gerald balance une savate dans la figure de Baoth. Sara fond en larmes, Dorothy prend l'offense personnellement :

– Toi, frapper tes enfants !

Et Gerald de lui crier :

– Que fais-tu encore ici, Dottie ?

Parker redescend dans la vallée peu après. Après un tiède adieu de réconciliation, elle quitte le royaume des bacilles. Du funiculaire, elle comprend enfin qu'il est bien temps. Elle n'a pas allégé le désespoir de ses amis et, dans sa valise, il y a vingt débuts de textes qui sont autant d'échecs.

Chapitre dix

Un conte de l'âge du jazz
New York, novembre 1933

Sur la 59e rue, Dorothy entre chez *Tony's*. Autour des fumeurs, la brume des cigarettes se disperse à peine, la faute au plafond bas du *speakeasy*. Parker discerne Benchley installé sur la banquette de mauvais skaï. Au-dehors, une forte averse fait ruisseler les papiers gras des hamburgers à emporter.

Au fond du repaire familier, Fred discute avec Scott et un autre homme, visiblement plus jeune, qu'elle ne connaît pas. Tout en avançant dans leur direction, Dorothy essaie d'examiner ses amis comme l'inconnu doit les voir. *Scott a l'œil vitreux, il a épaissi. Du reste, Fred et moi non plus n'avons pas gardé la ligne…* Après quelques secondes d'une éclipse pâteuse, se souvenant de son exquise politesse, Benchley clarifie les présentations :

– Alan Campbell, étoile montante de Broadway. Dorothy Parker, étoile filante de… eh bien, de Broadway, de l'autre côté de la rampe.

Dottie ne le trouve pas mal, ce garçon. Quand il se penche en avant, cela lui donne un petit air de Rudolph Valentino – en moins niais et moins épilé. Mais elle a quarante ans, dix de plus sans doute que ce jeune premier. La conversation démarre à peine que le propriétaire du bar, Tony Soma, s'installe la tête en bas pour chanter un air de Puccini.

– J'en ai ma claque, de ce numéro de cirque, grince Dottie. Je donnerais n'importe quoi pour un dîner chez *Delmonico*, un menu propre et de la cuisine française.

Carlos, le barman, se fait attendre. D'un trait, elle vide la mixture qui stagne dans le verre de Benchley. Alan Campbell regarde le patron figé en son poirier musical, fasciné par la prouesse. Dorothy précise :

– Il n'y a rien d'extraordinaire, c'est un Italien et il pratique le yoga depuis des années.

Alan ne peut s'empêcher de sourire :

– Je n'ai jamais rien vu d'aussi amusant !

Et Scott de grommeler :

– Nous sommes devenus vieux, ennuyeux, et rabat-joie.

Dorothy, exaspérée, abandonne le trio au magnétisme de Tony Soma en Mario Cavaradossi et fiche le camp. Vivement que la Prohibition se termine, les plaisanteries les meilleures sont toujours les plus courtes.

Avec Fitzgerald, elle continue à arpenter New York. Malgré les températures glaciales de cette fin d'année, ils se retrouvent souvent dans la ville basse, du côté des abattoirs ou des docks. Cette partie de New York suinte l'humidité comme un port irlandais. C'est la zone des humeurs, les marchandises dégoulinent des cargos et les débardeurs de sueur. Les façades ruissellent d'une pluie sale, mais Scott et

Dorothy ont épuisé les charmes du Manhattan Central, alternativement lassés d'être reconnus puis de ne plus l'être. Scott boit pour oublier la maladie de Zelda, pour oublier qu'il lui a interdit d'écrire et qu'elle écrit malgré lui. Dorothy accompagne son ivresse, elle répand sur le suicide d'Eddie, son ex-mari, des larmes baveuses et fatalistes.

– Sur le faire-part de ma belle-famille ne figurait même pas une signature personnelle, tu te rends compte ? Dis, Scott, est-ce que tu m'écoutes ?

La Prohibition est levée aux premiers jours de décembre, au grand soulagement des buveurs de boissons non frelatées. Mais dépouillés de leur cérémonial, de leurs mots de passe sulfureux et du délicieux parfum de la transgression, les après-midi imbibés prennent un aspect sordide. Les semaines passent pourtant sans que ni Dotty ni Scott ne songent à se décourager de ce régime, se traînant ainsi jusqu'à la fin de l'hiver. Après huit ans d'un travail haché, Fitzgerald termine *Tendre est la nuit*. Dorothy, elle, a abandonné toute velléité de roman.

Au mois de mars 1934, la Ross Gallery organise le vernissage des dernières toiles que Zelda Fitzgerald a peintes à l'asile. Dorothy s'y rend au bras de Fred. D'un œil noir, elle dévisage la foule des chipies venues arracher un morceau de légende pour vingt dollars. Ne sachant que faire, elle enlève deux toiles rouge sang à cet infâme dépeçage et abandonne Scott aux soins alcoolisés de Benchley. La tonalité carmin des toiles, toutes d'un désespoir écarlate, lui a retourné l'estomac et agit comme un puissant avertissement.

Le soir même, Dottie décide de renouer avec des habitudes plus réjouissantes, de celles dont la légèreté les nourrit, elle et son œuvre. Heureuse coïncidence, le parolier Howard Dietz donne une réception dans sa nouvelle maison du *Village*. Sitôt arrivée, elle est abordée par un visage joyeux.

– Mrs Parker ? Vous souvenez-vous de moi ? Alan Campbell. Que c'est chic de vous trouver ici, je ne connais encore personne. Dietz m'a invité sur un coup de tête de dernière minute, je crois.

– Hum, vous répétiez pour la pièce de Winter, n'est-ce pas ? Vous avez gardé une raquette de tennis en souvenir ?

Dorothy ne saurait dire tout ce qui la séduit chez Alan. Bien sûr, il est beau, élégant, et il a ce sourire charmant aux lèvres, un sourire honnête et désarmant qui lui donne des frissons. La sincérité est une qualité aussi surprenante que rafraîchissante dans l'isle de Manhate. Et puis, il y a la curiosité d'Alan pour ce qu'elle a aimé naguère et qui ne la fait plus palpiter, les premières à Broadway, les soirées mondaines, les amusantes médisances. Elle se prend à s'imaginer en Pygmalion quand leur hôte fait entrer des musiciens de jazz. Le *townhouse* swingue, Alan passe une main dans le dos de Dorothy et, d'une caresse ferme, la fait basculer contre lui. Il l'embrasse avec fougue devant une demi-douzaine de déçues. Dottie croit avoir gagné à la loterie, frotté la lampe du génie. Au-dessus de Greenwich Village, les étoiles ont changé de place.

Dorothy réduit sa consommation d'alcool, se lave les cheveux avec entrain et de nouvelles robes apparaissent dans son dressing. En peu de temps, elle fait à nouveau moins que son âge, son corps redevient souple et sa poitrine élastique. Alan s'installe au *Gonk*, puis dans la suite de Dottie. À l'approche de l'été, on lui propose un engagement dans le Colorado.

– Accompagne-moi, propose-t-il à Dorothy. Restons ensemble. Je t'aime.

Dottie frissonne. Jamais elle n'a reçu déclaration aussi spontanée qu'à présent. Elle ouvre ses grands yeux fatigués par les excès et, miracle de l'amour, ils ont l'éclat de ses vingt ans et Alan y lit la profondeur de son attachement.

On les dit heureux, ce qui inquiète Benchley, lequel court à l'*Algonquin* s'assurer de la situation. Mais non, les portes ne claquent pas, aucun orage ne se déchaîne, aucune violence que celle du torrent de la tendresse.

Enfin, le 6 juin 1934, Dorothy télégraphie depuis Denver : « Cher Scott – On m'a juste transféré ton câble car regarde où je suis ! Tout juste mariée à Alan Campbell – Alan en tournée – Coincée dans le Colorado pour l'été. »

Chapitre onze

La ballade de Dorothy
Los Angeles, décembre 1936

Les vents de Santa Ana sont des vents violents. Ils tourbillonnent le long des montagnes, ne s'essoufflant jamais dans leur course.

Les vents de Santa Ana sont des vents âpres et chauds qui gonflent depuis le désert de Californie. Ce sont des rafales brusques, des tempêtes parfois, comme des rires caverneux. Elles déferlent en bourrasques imprévisibles, exhalant leur souffle sec jusque dans la gorge des habitants. Il n'y a plus d'endroit sûr : les palmiers ploient bas, sur des voitures renversées, écrasées par des poteaux électriques. Il faudrait dire ce qui ne se soulève pas. Même le ventre de Dorothy s'est arrondi.

On redoute l'impétuosité des vents de Santa Ana, leur nom même se confond en des hypothèses incertaines, celle de la vallée d'où le hasard les chasse serait insuffisante.

Ces vents agissent comme un mauvais remède. Dans cette région où Dieu est mort depuis si longtemps qu'on ne se souvient plus de son séjour, dans ce pays de superstition, on croit que durant leur passage, faste ou néfaste, tout peut arriver. Agissant plus puissamment que les flashs des reporters, ils jettent au-dehors des maisons tout ce qui s'y dissimule, secrets et pulsions. Plus cruels que la Louella Parsons, cette vipère. L'envers du décor. Le prix à payer pour un climat de perpétuelle félicité.

En ce début décembre 1936, les vents de Santa Ana font honneur à leur réputation, gémissant dans Los Angeles inquiète. La ville s'effraie, persuadée de n'être plus que le jouet de caprices éoliens. Superstitieuse, Dorothy envoie un baiser dans l'air troublé, espérant en être protégée. Cet enfant, Alan et elle l'ont espéré si fort qu'il a fini par arriver. Trois mois sont écoulés, le couple ose croire à sa bonne fortune. L'enfant est presque là déjà, dans le verger de Pennsylvanie, cueillant les pommes de Fox House, riant aux oiseaux, donnant aux Campbell une raison d'exister au-delà de leur métier. Les journalistes viennent photographier Dorothy, arrangeant le contenu d'une valise de maternité.

Ces vents insufflent la vie et la soufflent. Ce sont les Parques d'Hollywood, les divinités redoutées de LA. Ce sont les seuls pénates que respecte cette population à l'hubris boursouflée. Des hauteurs de Beverly Hills jusqu'à la plage de Santa Monica, c'est l'effroi. Et de Pasadena à Venice Beach, le souffle infernal ne fait que reprendre haleine.

En ce début décembre 1936, rien ne peut freiner la course des vents de Santa Ana. Ils soufflent et crient – et chacun murmure que, oui, tout peut arriver –, et Dorothy Parker perd son bébé.

Chapitre douze

No lost generation

Bucks County, avril 1937

Dans le jardin de Fox House, la résidence secondaire des Campbell, Dorothy et Alan profitent de l'ombre d'un pommier. Entre eux, le panier de fruits que Dorothy a cueillis elle-même, juchée sur une échelle en bois.

Fox House n'est pas une maison éloignée de toute civilisation, ni Bucks County un trou texan : on parle là d'une vieille et belle demeure restaurée dans la campagne chic de New York, en Pennsylvanie. Leurs voisins les plus proches sont les Perelman : Sid, le scénariste des Marx Brothers, et sa femme Laura. Aux Campbell, ils avaient vanté l'endroit comme un excellent compromis pour écrire et élever un enfant – cet enfant qui ne viendra plus.

Ce serait en effet la retraite idéale si dans la maison, la mère d'Alan n'examinait pas chaque recoin dans le but avoué de chercher querelle à son fils. Leurs innocentes excentricités la dépassent, comme ces murs tapissés des dessins d'architecte de la maison – quelle prétention, juge-t-elle.

De la fenêtre, à l'étage, Hortense détaille la marinière d'Alan, la robe à boutons de Dorothy – sa belle-fille ! Comment pourrait-elle s'accoutumer à dire cela, avec leur décennie d'écart ? Hortense soupire.

Dorothy et Alan n'en ont que faire, préoccupés par leur lecture. Le cœur serré, ils tournent les pages des journaux. Les photographies de Dorothea Lange, celles de Margaret Bourke-White dans *Life* leur brouillent la vue. Les détails donnés par Martha Gellhorn ou Erskine Caldwell retournent le couteau dans la plaie ouverte de leur indignation. Tous racontent une effrayante pauvreté, le dénuement extrême de toute une population. Dans le pire des cas, ces gens vont pieds nus. Ils s'habillent en taillant dans les sacs de coton, lesquels se parent de petites fleurs pour séduire les ménagères les plus misérables.

Au début de l'année passée, Theodore Roosevelt, conseillé par sa femme Eleanor, a dépêché reporters et photographes auprès des migrants du Midwest et de la Wheat Belt. Les journalistes sont partis à la rencontre de fermiers égarés par la faim. Des petits propriétaires qui ont affronté la Grande Dépression, à laquelle a succédé une interminable sécheresse. Quand les récoltes ont fini d'être calcinées, une tempête de poussière s'est levée qui les a jetés sur les routes de l'errance.

Car on a beau être courageux, le jour vient où l'espoir fait violemment défaut. Alors on rassemble tout son monde, la marmaille, l'outillage, la Bible, et avec sa femme, on charge le chariot. D'abord on dit que c'est renouer avec l'esprit des pionniers, puis on comprend que ça risque de durer, enfin, on s'installe sur un coin de Californie d'où l'on n'est pas chassé. Les fermiers redeviennent journaliers, ils assurent la cueillette des fruits et répandent les engrais. Leurs épouses émaciées triment dans l'entretien des cahutes, les enfants sont mis à contribution. Chacun gagne durement son pain.

Dorothy gratte l'essentielle question léniniste : « Que faire ? », sans pour autant réussir à y apporter une réponse satisfaisante. Elle sait que l'Amérique peut tout donner et tout reprendre. C'est arrivé à sa famille, c'est arrivé à son père. Les dernières années de sa vie, figé dans la dépression, Henry Rothschild a laissé les affaires de la fabrique se conduire elles-mêmes. Il n'a fallu que quelques mois pour que la ruine soit totale.

Mais l'angoisse de lendemains de guerre mondiale se tapit derrière les meubles, elle grandit dans l'âtre, elle enfle sur un air de guitare. D'Europe, d'Espagne particulièrement, les nouvelles sont plus mauvaises encore. Aucun voisin européen pour prêter des armes à un gouvernement démocratiquement élu. Pas même le Front populaire français. On accepte seulement d'aider les enfants. Par bateaux, depuis le Pays basque, depuis Valence, des familles se séparent dans l'espoir que ceux-là, les fascistes ne les auront pas. Les bambins regardent leur terre natale s'éloigner sans savoir qui croire. Que c'est triste, des enfants avec une étiquette épinglée au revers de la veste, au coin de la robe. Ils se dirigent vers l'URSS, le Mexique, le Danemark, l'Angleterre, la côte atlantique française.

Le lendemain arrive et les Campbell regagnent la côte ouest en avion. À l'aéroport, la Panhard les attend pour deux heures de l'après-midi. Alan et Dorothy s'installent dans la voiture et le chauffeur démarre en direction de Culver City. La ville a vingt ans, elle s'est développée grâce aux *speakeasies* de Washington Boulevard qui mènent droit aux studios de la Metro-Goldwyn-Mayer.

Passé le gigantesque porche du studio, l'après-midi des Campbell est minuté. Prenant soin de rester hors du champ de la caméra, Alan passe de plateau en plateau écouter comment sonnent les dialogues bâtis avec Dottie et juger de l'efficacité de ceux des autres scénaristes. Ce n'était pas un très bon acteur, mais il s'est révélé excellent dialoguiste. Dorothy reste au bureau, s'humidifiant les lèvres au whisky pour rester éveillée malgré leur départ de Pennsylvanie à l'aube.

Enfin le soir tombe, un soir d'avril semblable à un autre dans cet éden que rien ne menace, un soir de printemps radieux, la saison unique de Californie. Un présent permanent où tout est d'or, où tout est idyllique : le vent dans les eucalyptus, l'odeur des agrumes dispersée par les palmiers. Les éclats du soleil dans le ciel, le jaune des champs de moutarde sauvage avoisinant les plateaux de tournage. La peau des lézards. Les faisceaux des *spotlights* qui vont bientôt surexposer les tapis rouges des premières.

Dorothy et Alan s'apprêtent à quitter le studio plus tard qu'à l'ordinaire. Le bâtiment, tout à coup, leur paraît vide, les locaux, il faut en convenir, seraient enfin propices à la création. Dorothy pose sa veste sur son sac à main, allume une cigarette. Alan prend son chapeau. Il va fermer la fenêtre du bureau quand il remarque qu'en contrebas, un attroupement silencieux s'est formé. C'est alors qu'on toque à la porte.

– C'est Sid !

Perelman entre et tout de suite Dorothy sait que ça ne va pas. Ni elle ni Alan ne prononcent un mot tandis que leur collègue montre la direction de l'escalier. Elle tire sur la cigarette qui grésille et suit Sidney. Sid a le dos voûté des sensibles préoccupés. Lui aussi vient de la côte est. Sidney a grandi à Brooklyn, élevé par un couple aimant qui n'avait à transmettre que son talent pour la faillite commerciale et celui, tout aussi éprouvé, pour les blagues en yiddish. On manquait de tout chez les Perelman, mais dans l'arrière-cour, les enfants riaient en courant après les poules. Ç'aurait pu être pire.

Sid parle à ses amis d'une voix atone, en descendant lentement les marches :

– En bas, les journaux sont arrivés. Les Allemands ont détruit une petite ville, Guernica. Ils l'ont rasée. Complètement.

Sid pousse la porte de l'immeuble des scénaristes, et débouche avec Alan et Dorothy sur une longue rue intérieure au studio. Le soleil couchant la baigne de rose.

– Les avions de la légion Condor sont descendus en piqué jusque dans les rues. Ils ont choisi un jour de marché.

Sid se donne une pichenette sur la poitrine et quitte les lieux, agitant les bras avec désarroi.

Dorothy Parker allume une nouvelle cigarette.

– C'est le problème avec les Juifs. Ce qu'on est sentimentaux.

Mais sa voix vrille, elle se force à s'approcher du groupe qui élargit le cercle pour lui faire place. Des quotidiens reposent sur une porte de saloon renversée en table. Le front plissé, Francis Scott Fitzgerald est là aussi. Son œil égaré semble avoir croisé le spectre d'un disparu. Dorothy balaie les titres, les légendes : « Le sanctuaire des traditions basques massacré », « Déploiement d'une stratégie de terreur ». Son regard va aux acteurs, à ses collègues scénaristes, à tous ces gens dont les grands-parents sont nés ailleurs. Dottie accroche le regard de Scott pour se donner du courage et assène :

– Cette fois, il n'y aura pas de génération perdue.

Pendant quelques jours, la culpabilité infuse chez Dorothy : la douleur américaine dont sont chargés les protégés d'Eleanor Roosevelt, les récits de la détresse espagnole. Ces splendides résidences de Beverly Hills, dont la sienne, un manoir de style colonial à quelques numéros d'une réplique Tudor lui font tout à coup horreur. Il lui semble que Los Angeles a été recouverte de la pacotille des tournages. Alan, lui, aurait pu ne jamais se lasser de ces courts de tennis impeccables, du Picasso qui orne son salon. Mais il partage aussi la tristesse de Dorothy devant l'état du monde. Leur complicité est plus forte que ce que les ragots suggèrent.

Un après-midi qu'ils travaillent sans entrain, Dorothy commence à envisager un voyage en Europe : du repos sur le bateau, quelques jours à Paris, et un reportage en Espagne. Et l'idée est à peine énoncée qu'elle devient un vrai projet.

À Hollywood, tout sonne faux ce soir-là, comparé à la bonne volonté des Campbell.

Chapitre treize

Des larmes de crocodile
Hollywood, juin 1937

Sur Roxbury Drive, c'est un dimanche de juin cotonneux. C'est seulement à l'aube que disparaissent les vapeurs de Dom Pérignon. La veille, le magnat William Randolph Hearst donnait une fête à Santa Monica, et le champagne coulait en l'honneur de Marion Davies, sa maîtresse attitrée. Tandis qu'Ann Warner et Marlene Dietrich se glissaient sous une nappe jusqu'au départ des photographes, Alan retrouvait son Sherlock Holmes préféré, l'acteur Basil Rathbone. Dorothy, elle, embrassait Frances Marion. Dorothy admire Frances depuis que la scénariste de Mary Pickford lui a confié avoir traversé le Rhin lors de la Grande Guerre – Frances, reporter de terrain, qui le croirait, à la voir ainsi, vêtue d'une chatoyante robe du soir ?

Tout cela n'aide pas à se lever de bonne heure et, à midi, Dorothy, enfoncée dans un profond fauteuil, cherche en vain la concentration. Elle retouche les dialogues d'un film dont elle a oublié le titre. Au casting, un Barrymore.

Quel Barrymore, elle ne sait plus lequel non plus, il y en a toujours un. Quel ennui, ces dynasties ! Soudain, le téléphone sonne, et Jack et Poupée, respectivement dalmatien et caniche, aboient de concert. La bonne accourt, c'est un appel longue distance d'Ernest qui rythme la journée avec fanfares et tambours, ainsi, sans transition ni salutation :

– On a fini Dot, le film est terminé. *Terre d'Espagne*. On le montre aux Roosevelt le 8 juillet. À la Maison Blanche ! L'embargo contre les républicains sera peut-être enfin levé, qu'en dis-tu ?

– Ernest, c'est formidable ! Comment avez-vous réussi à obtenir audience ? Herbert Matthews ?

– Non, Martha Gellhorn. Martha loge à l'hôtel *Florida*, comme moi. Avec moi. C'est une femme incroyable, Dorothy.

– Je n'en doute pas, si elle vous a obtenu le rendez-vous. Comment va Dos Passos ?

– Dos fait la gueule. Le film de Joris est impeccable, mais pour Dos, on ne montre pas assez l'espoir suscité par la révolution. Et puis, il y a la disparition de Robles qui le rend dingue. Tu te souviens ? Son traducteur était devenu lieutenant-colonel de la République, et il a disparu… Fusillé, peut-être. J'ai dans l'idée qu'il n'était pas si honnête que Dos le croyait. Et Dos de fouiner partout, l'œil humide, un vrai sentimental. Je te raconterai ça.

– Tu m'inquiètes…

Dorothy sent la gueule de bois lui tenailler le crâne. La nuit d'ivresse lui a laissé des cernes et un cerveau embrouillé.

– Bref, ne commence pas à te faire du mouron, il est trop tôt pour ça à LA, Dorothy, lui répond Ernest, un peu goguenard.

Parker se sent démasquée depuis Madrid, alors dans un sursaut, elle se redresse, sa main arrange ses cheveux et elle donne un petit coup de poing sur la table basse.

– Que veux-tu, Ernest ?

– Donc, projection du film de Joris le 8 juillet à Washington. Mais ça ne suffit pas. Je voudrais le montrer à Hollywood, je veux une grande soirée, une belle fête. Que tes amis raquent chacun une ambulance. Il faut qu'ils donnent, on manque de tout. Est-ce que tu peux t'en occuper ?

Dorothy savoure l'instant – Papa Hem réclamant l'entregent de son amie qu'il caricature en Poétesse tragique.

– D'accord Ernest. Évidemment. Nous allons organiser cela, Fredric, Florence, Alan et moi. On ne sera pas de trop. La fête sera splendide, c'est au moins une chose qu'on sait faire ici, et il y aura des bons pour les ambulances. Tu veux que je débauche la cuisinière de Hearst ?

– Pour la République espagnole ? Je t'embrasse, Dorothy !

*

Un mois plus tard, le 12 juillet 1937, la réception se tient. Dorothy a battu le rappel des troupes, et l'armée des Rolls s'est rangée sur Roxbury Drive, où les limousines des studios déposent leur chargement de fourrures et de bijoux. Passant le seuil du manoir, les actrices de la Fox, de la MGM, les acteurs Errol Flynn et Miriam Hopkins ont répondu à l'invitation. Dorothy avise enfin Scott debout auprès de Joan Bennett, il y a déjà trop de monde – complice, elle le salue de la main. Scott est devenu craintif, il faut le rassurer – sans quoi, une fois qu'on a le dos tourné, il risque de déguerpir aussi sec.

– Que la projection commence !

Et Dorothy de s'exclamer, parodiant les réalisateurs :
– Action !

The Earth of Spain s'affiche en lettres géantes sur l'écran, occupant toute sa surface. Un plein chant monte, vocalise d'église ou de guerre, on ne sait encore, les modulations oscillent quand l'image du chemin tremble. Le chant d'une femme s'élance tandis qu'à l'ancestral cheminement des ânes succèdent des paysages majestueusement vides de toute humanité. Depuis une colline, la caméra mime le regard circulaire de l'alpiniste fier de son ascension. Alors la voix d'Hemingway prononce lentement :

– Cette terre espagnole est dure et sèche. Et les visages des hommes qui travaillent cette terre sont durcis et séchés par le soleil. Mais cette terre de rien rapporterait tant avec de l'eau !

La domestique cesse de sortir les coupes à champagne. La musique du documentaire lui parvient, étouffée, qui l'étonne. Rien du jazz habituel, pas de Cole Porter, rien non plus de cette sirupeuse chanson à la mode qui fait monter la buée aux yeux de la patronne. Les accords graves sont empreints d'une nostalgie inconnue – résignation et rébellion mêlées. Le lamento s'élève – poignant appel du cœur, irrésistible. Délaissant les coupes, négligeant le champagne, la femme pousse une cloison coulissante et s'approche.

Ce qu'elle voit l'effraie. Ses patrons et toutes les stars de leurs amis sont là, au grand salon, transformé en salle de cinéma. Ils sont là à regarder de pauvres gens bêcher une terre ingrate, une saleté de mauvaise terre, que ça lui fait mal de regarder cela, à elle aussi.

Ils sont tous ici, à écouter un commentaire de maître d'école sur la dignité et la fraternité, les renards argentés posés en oreillers, les boucles peroxydées mouillées de larmes de crocodile. Ahurissant. Elle en a oublié la mélodie qui l'avait sortie de son buffet, et s'y replie. À la cuisinière qui questionne, la femme de service s'entend répondre que Parker ne va pas tarder à avoir des ennuis. Dans un frisson, elle convient de ne pas se répéter, ça porte malheur.

Après une heure, le film se termine. L'enthousiasme prévaut, l'atmosphère a changé. Les visons tombent au sol tandis qu'on applaudit avec fracas. Peut-être qu'un Dashiell Hammett ou un Dalton Trumbo serre le poing dans sa poche, de rage contenue. L'injustice leur broie l'estomac. Scott lève son verre de whisky à Hemingway, et à l'Espagne. Fitzgerald le désargenté exhorte ses voisins à la générosité. Pour Scott, ce film illustre un nouveau talent d'Ernest. Miriam et Joan s'interrogent du regard, la paupière lourde d'ennui. Ces soldats bruns du bout du monde, cette armée rustique, l'avant-garde de la culture, un rempart de liberté ? Les deux actrices lissent la soie sur leurs cuisses tandis que Dorothy montre l'exemple et dépose cinq cents dollars sur le plateau d'argent. Florence Eldridge apporte son écot, le prix d'une ambulance pour elle aussi. Puis Alan et elle se chargent de promener le plateau entre les convives.

Les domestiques, eux, apportent de quoi oublier toute la misère du monde.

Le matin venu, Alan et Dorothy, dégrisés, tirent le bilan de la soirée. Alan rumine l'attitude de Louis Fischer. Le journaliste talentueux, officier d'intendance des Brigades internationales, ami personnel de Negrín, était, sur le papier, l'invité de marque idéal. Sauf que Louis s'est montré familier avec les actrices, et odieux avec Dorothy. Alan a entendu Fischer lui demander si elle gagnait autant d'argent qu'Hemingway. Drogué au quotidien espagnol, aux serveuses qui ont lu Marx, à la danse que même les combats ne peuvent faire cesser, Louis n'a pas pris une seconde la réception au sérieux. Alan se promet d'écrire une lettre incendiaire à Fischer. Celui-ci conservera dans ses archives la missive d'Alan, comme le remords de son indélicatesse.

Le couple fait aussi les comptes. Les actrices ont donné l'aumône, même Lillian Hellman, qui partage leurs vues, a été pingre. Ils ne voulaient pas y croire… Pourtant ils les ont regardés, leurs invités, boire et manger à l'œil, évitant le plateau des dons. Les étoiles d'Hollywood ne savent pas de quoi demain sera fait. Leurs origines sont modestes, leurs noms empruntés, leurs convictions suivent le sens du vent. La séduction d'Hemingway, belliqueux merveilleux, n'a pas suffi. L'action collective ne peut être une seconde nature au paradis de la concurrence des corps et des talents.

Alan s'installe au volant de la Panhard, descendre les lacets de Beverly Hills jusqu'à Santa Monica devrait le calmer. Il tourne le bouton de la radio et entend les éructations d'Hitler. Comme dit Dorothy, de nos jours, il n'y a plus grand-chose de drôle.

Chapitre quatorze

Le chat du Cheshire
Atlantique nord, août 1937

L'après-guerre est loin désormais et c'est le prochain conflit mondial que l'Europe prépare. Le bateau *Normandie* témoigne du surmoi français, démonstration extravagante d'une puissance inquiète. Le paquebot, de l'étrave à l'étambot, se veut le miroir flatteur de ses passagers. Des hippocampes d'acier tirent le char des Temps modernes, celui des nouveaux riches, celui des puissances de l'argent liquide, des titres de Bourse et de la fluidité des capitaux. Des nœuds, des tubes, des machines : il n'y a bien que l'indispensable du navire qui ne soit pas coulé dans le diamant, moulé dans l'or, poncé de platine. L'éloge de cette mécanique, superbe et infernale, a été fait par Blaise Cendrars. Lors de la traversée inaugurale du *Normandie*, l'écrivain-voyageur s'est plu, parmi les huileurs et les mécanos, à caresser le laiton et à jauger les cuivres.

Sur trois cent quatorze mètres de long, l'ancienne aristocratie se mêle aux milliardaires audacieux. À une vitesse moyenne de trente nœuds, soit cinquante-quatre kilomètres par heure, le paradis n'est pas au ciel ; il se déplace dans les eaux internationales.

Le premier époux de Dorothy lui avait apporté ce qu'elle désirait le plus à l'époque : un nom propre comme un sou neuf, qui ne fasse référence à rien, qui ne l'assigne à aucune communauté. Le désir faisant bien les choses, elle était tombée amoureuse d'Edwin Pond Parker – candidat idéal en termes de patronyme quelconque. Leur divorce a été prononcé à la fin de l'année 1928 : il aura fallu une décennie à Dorothy pour admettre que les fées qui se sont penchées sur son berceau n'avaient pas pensé à l'amour éternel. Elles ont dû estimer qu'au XXe siècle, on vivrait d'humour et d'eau fraîche, s'est-elle souvent persuadée. Pendant quinze ans, Dorothy s'est contentée d'approximations amoureuses, de relations délétères, de déceptions toujours renouvelées.

Au son du fracas des eaux atlantiques, les grands yeux de la poétesse se perdent dans le bleu dangereux. Au fond de sa mémoire roulent les prénoms maudits de brutes infidèles. Les fleuves qui roulent en ses iris fatigués aspirent à trouver leur embouchure.

Qu'importe le passé ! Tout cela est derrière elle. Son second mari, Alan Campbell, est sensible et attentionné. Ils ont réservé en première classe – la récompense du duo à succès qu'ils forment depuis trois ans. Dans l'embrasure de la cabine, Dorothy l'observe, celui qui partage sa vie, avec qui elle signe ses scénarios d'un seul nom, d'un seul mot : Alandotty. Parker a une tendresse particulière pour leur dernier travail, *Une étoile est née*. Le film fait un tabac, ce qui ne gâche rien. Alan Campbell rectifie l'agencement des malles, la disposition d'effets nécessaires aux prochaines heures. Elle s'attarde sur sa mise, son costume croisé à l'italienne, d'un bleu *navy*, assorti à la soirée d'été. Le cheveu gominé en arrière, il est pareil à une star de cinéma – de temps à autre, il apparaît d'ailleurs dans quelques productions. Alan se sent observé. Il réprime un fou rire de gosse, retient avec élégance sa veste boutonnée sur son cœur et se retourne.

Dorothy soupire de la gentillesse qui émane d'Alan. L'homme rend à sa femme un regard joyeux et la prend dans ses bras. Dorothy se trouve inondée par la douceur de leur première rencontre. Cette prestance juvénile qui lui rappelle ce qu'elle n'avait connu que brièvement, au début de son premier mariage, lorsqu'Eddie était encore fou d'elle, bravant l'autorité d'ascendants récalcitrants. Eddie l'avait épousée loin de leurs récriminations, à Yonkers, petit village à l'extrême nord du Bronx, choisissant des anonymes pour témoins. Ils partageaient alors cette sensation qu'à deux, on peut faire monde. La guerre était venue briser cette entente éphémère. Ce soir, c'est cette complicité adolescente qu'elle retrouve contre le corps svelte d'Alan.

– Mon colonel, balbutie Dorothy de bonheur.

Du charme de l'uniforme, Alan Campbell en a joué. Peu importe que l'école militaire n'ait abouti qu'à l'éloigner des zones de conflit pour le jeter sur les planches. Avec le maintien, le surnom est resté.

Dorothy et Alan voyagent accompagnés par Lillian Hellman, une amie de la côte ouest. Lillian, qui n'a jamais essayé d'être belle, se sent moins laide aux côtés de Dorothy. Le souvenir de leur première rencontre est lumineux. Évoluant dans une robe de mousseline transparente, Lillian s'ennuyait d'un groupe à l'autre, trop intelligente pour la réception et ne se privant pas de le souligner par des airs consternés. De plus, elle était arrivée trop tôt, et seul le frottement du tissu vaporeux contre sa peau lui causait quelque sensation agréable.

Cette tenue de soirée lui avait paru élégante et presque affriolante jusqu'à ce que Dorothy paraisse, moulée dans un fourreau de satin noir, une confection de grande maison qui lui allait à la perfection. Sa robe de sirène, sa toque à la plume couleur de lune, ses gants de cantatrice, tout cela produisait un effet fantastique. Pendant un court instant de stupéfaction outrée, les femmes de l'assemblée s'étaient senties ridiculisées, et toutes lui en voulaient maintenant férocement.

Mais Lillian, non, Lillian ne ressentait que très peu de jalousie : à cet instant précis, leur différence était si évidente qu'elle lui paraissait la promesse d'une relation saine et harmonieuse. Elle marcha droit sur Dorothy, se présentant à la fois comme une inconditionnelle de sa poésie et comme l'espoir du théâtre américain, établissant d'ores et déjà les termes de l'amitié.

Parker accepta l'hommage bourru de cette grande fille du Sud et la prit par le bras.

– Lilly, que cette assistance est charmante !

Hellman, grande femme sèche et revêche, voit dans la littérature la chance de remporter les suffrages que la vie lui refuse par ailleurs. Contrairement à l'ambition inquiète de Dorothy, la sienne ne connaît pas de bornes. Comme Dorothy Parker, Lillian Hellman travaille pour la MGM. Quel écrivain ne cède pas, alors, aux sirènes des studios ? C'est de l'argent facile, semble-t-il. Et pourtant, Dorothy le répète : « L'or d'Hollywood, c'est de la neige entre les doigts. »

Les deux femmes partagent le sens de la formule, les affres de l'écriture et tous leurs engagements politiques. Fédérer les scénaristes a été leur grande affaire, ces derniers mois. Elles y sont parvenues, elles qui sont payées deux mille dollars par semaine, à entraîner ceux qui en perçoivent quarante, les humbles de l'usine à rêves. Protégées par leur notoriété, et leur capacité à tenir tête à Samuel Goldwyn. Ce que celui-là pense de ses subordonnés est simple à énoncer : il faudrait tous les pendre, haut et court. S'il n'en avait pas tant besoin pour ses films… À commencer par Dorothy, qui renâcle à réécrire des *happy endings.* Avec un sourire digne du chat du Cheshire, elle prétexte qu'une fin heureuse n'a jamais été constatée chez aucun être humain sur les millions qui nous ont précédés.

Bref, pour un temps, prendre des vacances de ce vaniteux personnage et de ses méthodes grossières est bien agréable. Mr et Mrs Allen Campbell, selon l'orthographe erronée de la liste des passagers, et Miss Lillian Hellman sont donc à bord d'un merveilleux bateau – loin, très loin des studios. Le Français André Dubonnet, ancien pilote de chasse et membre de la famille qui créa l'apéritif du même nom aussi, ainsi que le sénateur américain Thomas C. Desmond – mais cela n'a pas d'incidence sur la suite de cette histoire.

Dorothy a pris soin de consulter également les listes des touristes et des troisièmes classes et n'a pas été déçue : la journaliste Martha Gellhorn est de la même traversée. Parker n'a qu'une hâte : se présenter à l'auteur du recueil *The Trouble I've Seen* et lui dire toute son admiration.

Chapitre quinze

La théorie du bagel
Atlantique nord, août 1937

C'est la fin de l'après-midi. Aucun oiseau ne poursuit plus le *Normandie*, le bateau navigue en haute mer. Dans la troisième cheminée, celle qui est factice, celle qui n'a été dessinée que pour l'amour de l'art, un employé s'affaire au chenil. Les bêtes ont droit à leur quatre-heures.

Les passagers, eux, déambulent sur le *sundeck*. Ceux qui ne s'en sont pas encore lassés contemplent la ligne d'horizon, plongent leur regard vers les tréfonds. Ils sont rejoints par d'autres qui en reviennent au spectacle de la mer, fatigués des distractions imposées. Les gants impriment les nervures du bois des rambardes. Conjure-t-on jamais la fascination pour l'abîme ? Certains passagers se prélassent dans les transats en bois laqué, encombrés de journaux, de romans, de quoi passer le temps.

Dottie est passée devant la jeune femme une fois dans un sens, puis a rebroussé chemin et est repassée dans l'autre.

Sur le building flottant, elle est remontée de la poupe à la proue, songeuse.

L'inconnue travaille au crayon, comme elle. Elle rature beaucoup, dans son genre à elle également. Dorothy cède à la curiosité et s'approche. À quelques pas, celle-ci lui paraît plus jeune encore que lorsqu'elle l'espionnait en coin. Un physique de mannequin : un beau visage, la poitrine haute, de longues jambes, la blondeur qui prend la lumière. Son allure évoque l'ample désinvolture de Katharine Hepburn : la douceur du chemisier de soie s'évapore dans un pantalon choisi pour son imprimé austère. Katharine Hepburn, Dorothy lui avait réglé son compte d'une formule venimeuse qui avait chassé l'actrice de Broadway : « Miss Hepburn joue toute la gamme des émotions de A à B. » Il lui faut découvrir qui incarne ce sosie de la victime d'autrefois.

Dorothy s'avance encore et le bleu glacier des yeux de Martha Gellhorn rencontre les onyx figés dans les siens.

– Miss Parker, je suppose ?

L'inconnue devine bien. Dorothy et sa robe fleurie se voient désigner un transat mitoyen vide – à l'exception d'une trousse, d'un briquet, de deux cartes routières cornées, d'un paquet de cigarettes éventré et d'un Moleskine chiffonné. Magnanime, elle dépose l'ensemble aux pieds de Martha Gellhorn, qui se présente enfin.

– J'imagine que vous avez entendu parler de la maîtresse d'Ernest ?

L'inconnue est amusante. Dorothy lui dit quelque chose de son élégance masculine :

– Cette alliance des contraires dans le vêtement est un manifeste qu'il faut pouvoir porter. Vous qui savez tout, ignorez-vous que j'ai travaillé chez *Vogue* ?

La conversation s'amorce. Un instant auparavant, elles ne se connaissaient que par la rumeur qui les précédait, et maintenant elles badinent avec entrain.

Martha se confie. Hemingway la précède de quelques jours à bord du *France*, elle a embarqué seule sur le *Normandie*. Par souci des apparences, pour les protéger, Pauline et elle, des ragots. La citoyenne du monde en est peu soucieuse, mais s'efforce de faciliter le divorce de son amant. Quoiqu'un vague tourment contrarie Martha :

– Ernest pourrait-il choisir la dissimulation comme commodité ? Il a bien le tempérament à la bigamie !

La balle d'un enfant roule à ses pieds et Martha chasse ses plus noires pensées. Dorothy fume doucement tandis qu'un employé de la Transat rectifie l'alignement des chaises longues.

En retour, Dorothy raconte belle-maman à Martha, l'inquisition d'Hortense Campbell, ses critiques sans cesse renouvelées. Sa crise en découvrant le salon de campagne aux dix nuances de rouge. Elle la console en plaisantant :

– Après les inconvénients de la liaison viendront ceux du mariage.

Cela fait rire Martha. Ni l'une ni l'autre ne peuvent savoir à quel point ce bon mot est prémonitoire.

« Ma vision personnelle de l'enfer, disait la reporter, c'est de n'avoir personne avec qui rire. » Ceux qui la faisaient s'esclaffer gagnaient sa reconnaissance éternelle. Dorothy, elle, ne supporte pas l'ennui – le sien et celui de son interlocuteur. Elle maîtrise si bien l'art de la conversation qu'elle peut se divertir elle-même, comme Oscar Wilde. Et Dorothy de questionner Martha à propos de ses reportages, de la complimenter :

– Passer ses journées avec Eleanor Roosevelt doit ressembler à monter au Paradis sans l'inconfort du décès.

Martha rit, Dorothy savoure la puissance intacte de son improvisation. Entre Martha Gellhorn et Dorothy Parker, une confiance indissoluble se noue.

Martha constate aussi que Dorothy lit à peu près tout ce que l'Amérique des lettres produit, les feuilles de chou, les romans à sensation, les grands poètes, les études sociales. Elle se figure, agitant ses aiguilles à tricoter, une Dorothy Parker animant tout un théâtre de marionnettes de la pensée. Elle propose l'image à Dorothy, que cela anime :

– Vous avez raison. Mais sans cela ma chère, je deviendrais folle, à Hollywood. Vous savez ce que c'est, Hollywood ? Je vais vous raconter. Hollywood, c'est une fenêtre de Cadillac dont on voit dépasser un merveilleux vison, et un bras aussi, et au bout de ce bras une main, gantée de daim blanc, et au bout de cette main, eh bien, il y a un bagel entamé qui pend. C'est ça, Hollywood.

Martha admire Dorothy, sa perspicacité, son humour ravageur :

– *The Wit*, n'est-ce pas ? L'Esprit, c'est comme ça qu'on vous appelle, non ? On a raison. Vous le méritez.

Dorothy se rengorge. Elle révèle alors que c'est à cause du bagel sur le cuir blanc qu'elle se rend en Espagne : à cause de l'indécence et de l'insensé. Martha ne peut qu'acquiescer : la voix de Dorothy est prête à se briser. Et puis, leur accord ne peut être plus grand, puisque Martha est elle-même sur le chemin de Madrid. Elle y a passé l'essentiel des derniers mois, sous les bombardements franquistes. Elle n'est revenue que pour la promotion du documentaire de Joris Ivens et pour embrasser sa mère. À Dorothy, Martha parle du courage des Internationaux, de la saleté de la guerre, de ses craintes.

Tout cela les lie plus qu'on ne peut le dire. Alors elles lèvent leur verre de gin à l'Océan auquel elles doivent cette soirée exceptionnelle. Martha fracasse le sien contre le bastingage rutilant, à la russe. Dorothy sourit, mais ne renchérit pas. Elle ne provoque qu'avec le tranchant de ses mots et ne gâche pas l'alcool.

⋆

Au-dessus de la balustrade, les nuages ont encore changé de couleur. Ils sont étirés en filaments qui courent si loin qu'il faut tourner la tête pour en voir la fin. L'immensité du ciel dit la vérité, la solitude du bâtiment sur une mer toute-puissante. Qu'ils sont nécessaires, ces cinémas, ces galas, tout ce grand tralala, pour conjurer l'angoisse du naufrage.

– Je me suis embarquée sur un vaisseau qui danse… Mes pieds ont oublié la terre…

Dorothy récite des vers français à Martha qui somnole quand elle s'interrompt soudain, se souvenant du dîner.

Sur le *Normandie*, le protocole de la première classe nécessiterait la distribution d'un règlement intérieur détaillé.

Dorothy doit se changer, s'en excuse à l'avance, confuse de la parade de la grande descente. Le cérémonial de l'escalier théâtral exige une robe de soirée différente à chaque souper et, si possible, exubérante. Elle se relève de toute sa modeste stature et ajoute :

– Viens ce soir, tu feras la connaissance de mon mari, de Lillian Hellman aussi ! Nous voyageons ensemble, elle est invitée en URSS.

Dorothy s'interrompt, pour reprendre d'une traite :

– Elle aussi fait partie de l'aventure des scénaristes. Oh, elle te racontera ça mieux que moi…

Incrédule, Martha lève les sourcils.

– Vous avez créé un syndicat ? La dernière fois que j'ai été mêlée à une protestation, j'ai perdu mon job, pour une vitre cassée dans l'Idaho…

Ce à quoi Dorothy, légère, rétorque :

– Nous n'en sommes pas encore là ! Alors, tu nous rejoins ? La salle à manger est la huitième merveille du monde ! Et puis Lillian est en période de création, elle ne se laisse contempler qu'à la nuit tombée…

Martha hésite : pique, boutade envers l'absente ?

C'est une autre Dorothy qui lui apparaît. Parker, réputée pour être l'amie des canidés, tient de fait plutôt du félin, qui ne dédaigne pas la fourberie charmante. Un coup de patte, une égratignure, un salut au public, le panache de la queue agitée masquant la physionomie victorieuse. Martha Gellhorn prend le risque et accepte l'invitation.

De retour dans sa cabine, Dorothy trouve Alan choisissant ses boutons de manchette. Tandis qu'elle s'apprête, la voici qui babille la rencontre à son mari. Lui, perspicace, caresse le motif d'un bouton de nacre et s'interroge :

– Lillian sera-t-elle vraiment enchantée de rencontrer l'amoureuse d'Ernest Hemingway ? Dottie, tu m'as bien dit : "l'envoyée spéciale de Colliers en Espagne, une ravissante blonde de trois ans sa cadette", elle qui en fait dix de plus les mauvais jours ? Notre virago préférée va l'adorer.

Voilà Alan prévenant Dorothy – inutilement. A-t-on déjà prévenu Dorothy utilement de quoi que ce soit ?

Chapitre seize

Les plaisirs de la table
Atlantique nord, août 1937

Perdue dans la contemplation d'une marine colorée, Dorothy, soucieuse, médite la disparition d'Edith Wharton. Depuis quelques jours, « l'ange de la dévastation » a quitté ce monde, laissant planer sur les lettres américaines l'ombre persistante et intimidante de son génie.

Une main glisse sur le boa de Parker, accentuant la caresse des plumes et arrachant Dorothy à sa torpeur mélancolique.

– Dottie, que fais-tu devant ce panneau de langoustes ? Tu ne préférerais pas les fruits de mer dans ton assiette ?

– Lilly, je pense à Odon et à Fulvia, à Newland Archer et…

– Oh, Wharton ? l'interrompt Hellman. Bah, qui voudrait encore écrire comme ça ?

Et Lillian cligne de l'œil, rassurante.

Dorothy soupire et lui prend le bras.

– Allons nous asseoir, j'ai invité quelqu'un.

Elles pénètrent dans la salle à manger par l'une de ses multiples portes et Lillian a un regard pour le plafond à caissons, à neuf mètres du sol.

– Comment crois-tu que c'est, la salle à manger du personnel ?

– Pas de langouste, c'est sûr, ni en peinture ni dans l'assiette…

Chez les premières, le défilé des beaux atours de la *high society* est comme un hommage aux décors de la romancière disparue. Y règne cet entre-soi de bon aloi, cosmopolite et distingué, qui supporte toutes les opinions, tant qu'elles sont proférées en tenue de soirée. Wharton le savait, laquelle, bien avant Parker, se moquait déjà de ce milieu avec la précision diabolique de celle qui est part et en dehors de son sujet.

Ce monde-microcosme, avec ses traditions séculaires s'accommodant d'élans brusques et d'enthousiasmes saisonniers, ce monde-là, qu'on ne peut plus nommer que « d'hier », son aristocratie, ses artistes et ses parasites, disparaît un peu plus à chaque voyage du Normandie. *Quand le paquebot est saisi par les États-Unis, le 12 décembre 1941, ce monde a fini de mourir et Stefan Zweig se suicide deux mois plus tard.*

Dorothy et Lillian prennent place à une table ronde à laquelle Alan est installé, lisant une traduction de *Don Quichotte*.

– Ce que tu es scolaire, mon vieux ! se moque Hellman.

Alan n'a pas le temps de répliquer : celle qui est sans aucun doute Martha Gellhorn est conduite à leur table.

Martha a tout juste le temps d'apercevoir une jeune femme de son âge, penchée vers Dorothy, qu'elle toise légèrement – peut-être est-ce la vision exagérée de Martha ? Son œil aiguisé de journaliste ne peut manquer de repérer l'épaule dominante de Lillian, sa posture figée à son approche. Juge-t-elle trop vite, ou trop bien ?

Dorothy fait les présentations. Lillian se lève, raide et suffisante, une large mèche bouclée se déplaçant de son oreille vers son front. Elle la remet en place avec humeur – et Martha de se sentir coupable de cet anodin désordre capillaire. Lillian Hellman jauge Martha Gellhorn avec une méfiance spontanée. Martha cache son déplaisir – l'antipathie est réciproque. Si Dorothy a pris une cabine auprès d'elle, il doit pourtant y avoir une raison. Mais ce soir-là, entre les rigueurs du service et les convenances Belle Époque, Martha ne percevra rien de leur affectueuse entente.

Dorothy observe Martha tenter d'amadouer sa revêche voisine. Désireuse de distraire le petit groupe, Martha Gellhorn brosse à grands traits le portrait de sa mère adorée, Edna, suffragette et militante des droits civiques. Puis elle raconte ses semaines dans le Midwest pouilleux, ce travail de sociologue de la misère qu'Eleanor Roosevelt lui a confié. Lillian déglutit mal, boit trop, oublie son turbot. Jalouse de cette ascendance, de cette assurance. Les serveurs apportent des assiettes superbes qu'ils remportent quasi intactes. L'inquiétude de Dorothy passe du visage crispé de Lillian à l'inconfort que masque celui de Martha. Lillian a douze ans de moins que Dorothy, et à ce titre, elle s'imagine incarner seule, auprès d'elle, la relève de la jeune génération. Lillian ne regarde pas Martha comme une camarade ou une alliée. Elle ne voit qu'une rivale. Jamais il n'est question de la guilde des scénaristes, ni de la ligue antinazie d'Hollywood. Les contours d'une occasion manquée commencent à se dessiner.

Alan est tout aussi contrarié qu'impuissant : les hommes sont absents de cet échange qui confine à la dispute. Il fait quand même une tentative désespérée pour détendre l'atmosphère et raconte comment, il y a quelques années, Hemingway avait réussi à dîner avec Marlene Dietrich. Bravement affublé d'un smoking d'emprunt, il avait poussé la porte du restaurant de la première classe. Marlene s'était amusée de l'audace et il était resté. C'était sur l'*Ile-de-France*, il y a trois ans. Alan, se penchant vers Martha, conclut dans un sourire :

– C'est Marlene elle-même qui nous l'a raconté à la cantine du studio !

Malgré ce louable effort, l'anecdote ne suffit pas à installer la bonne humeur à la table.

Aucun début d'affinité entre les deux femmes. Les jours suivants, durant le reste de la traversée, Lillian évite Martha et accapare Dorothy. Avec une persévérance sèche, elle intervient dans toutes les discussions, contredit Martha, appuie Dorothy avec emphase. Elle fait l'enfant. Dans son autobiographie, Lillian ira jusqu'à s'inventer une amie imaginaire, Julia. Elle n'a pas d'autre confidente que Dorothy ; c'est pourquoi sa fidélité jalouse s'exerce aussi férocement contre Martha. Le grand âge venu, celle-ci fera l'exposé des rancunes et des rancœurs. Pour cette soirée de l'été 1937, depuis sa couchette, elle attrape ses notes et se débarrasse d'Hellman d'un revers de plume, la qualifiant de sorcière – « *an odious woman* », griffonne-t-elle.

Cette affaire arrache des larmes de dépit à Dorothy. Nul doute qu'il était dit que Lillian et Martha livreraient bataille. Il n'y aura pas d'alliance entre les héroïnes des lettres. Du reste, la sororité reste un mot inconnu d'elles, et son principe même n'est pas leur fort.

Le *Normandie* accoste au Havre le 23 août. La veille, Dorothy a fêté son anniversaire au champagne. Observant une trêve raisonnable, la journaliste et la dramaturge ont fêté Dorothy aux côtés de son mari. La poétesse sensible a eu quarante-quatre ans. À ses oreilles, les sirènes du bateau résonnent agréablement, telle l'annonce tant remise de ses débuts comme romancière.

Chapitre dix-sept

L'argument des conserves
Paris, août 1937

Un encadrement de glaces démultiplie l'allure élégante du visiteur. Portiers en livrée, pampilles de cristal, portes de service dissimulées par des boiseries, le lobby du *Meurice* déploie un luxe grand siècle. Leland Stowe pénètre plus avant. Le chasseur lui indique, sur sa gauche, l'emplacement du bar. Situé dans un renfoncement sombre et mal éclairé, l'antre paraît inamical comparée à l'univers rococo dont elle s'abstrait. On dirait que toute la mauvaise conscience des résidents de l'hôtel est logée là. Stowe médit intérieurement : *Sans doute que non, la pièce serait plus vaste alors.*

Peu de lumières allumées, et elles exsudent de lampes aux abat-jour exagérés, mourant en reflets incertains dans les flacons de cognac et de vieux whisky. Dans les vapeurs de ce cabinet d'alchimiste, Leland distingue Dorothy et Alan et leur trouve l'air nerveux.

Le chef de service au *Herald Tribune* fait de la victoire loyaliste une affaire personnelle. Depuis l'élection d'Hitler, il craint la guerre pour l'Europe. Les républicains espagnols doivent gagner, sans cela, personne ne dormira plus tranquille, ni en Europe ni en Amérique, il en est persuadé. La consigne qu'il donne à ses collègues est la suivante : « Regarde sous chaque pierre et écris sur ce que tu trouves. » Il est venu au *Meurice* saluer Dorothy avant qu'elle ne passe les Pyrénées. À Paris cet été-là, les journalistes en partance pour la Catalogne croisent ceux qui en reviennent. Certains reprennent simplement leur souffle avant de gagner Madrid.

Leland s'assied sur un fauteuil crapaud face au couple et bourre sa pipe.

– Alors Parker, c'est maintenant qu'on s'inquiète ?

– Il y a déjà des cargaisons de reporters là-bas. Est-ce que je serai vraiment utile à quoi que ce soit ?

– Comment peux-tu en douter ? Les témoignages peuvent encore tout changer à l'embargo, j'en suis convaincu. Et trop peu d'écrivains nous représentent sur le terrain, c'est plus facile d'émarger aux *American Friends of Spanish Democracy*, n'est-ce pas… Est-ce que tu aurais peur ? Cela ne te ressemble pas.

Dorothy croise les doigts, irritée. Ses longs ongles rouges en crissent sur la table basse, et la cendre de sa cigarette manque le tapis persan.

– Se connaît-on si bien, Leland ? Quiconque n'a pas peur quand les bombes vrillent le sol, quand du fer pleut du ciel, et quand des enfants démembrés jonchent les rues ne sécrète pas son adrénaline normalement.

La repartie de Dottie mouche Leland quelques secondes, lesquelles suffisent à ce qu'Alan en profite lui aussi pour répliquer :

– On doit être fichés par tous les services de renseignements, nos collectes et nos interventions ne sont pas du goût des Églises…

Leland, agacé, souffle avec humeur sa fumée par le nez.

– Justement, le choix est déjà fait, autant aller jusqu'au bout. Et puis c'est un matériau extraordinaire pour l'œuvre à venir ! s'exclame-t-il en se tournant vers Dottie. On dit que le drame espagnol est en passe de toucher au mythe…

Dorothy, le regard tremblant, pense à autre chose.

– Est-ce raisonnable d'aller grignoter le peu de réserves d'un peuple affamé ?

– Dorothy…

– Tu as raison, quel cliché !

Leland a un regard circulaire pour l'ostentation de l'endroit et clôt la discussion :

– Emporte donc tes propres conserves de luxe ! Mange leurs plats misérables en échange de tes provisions. Tu ne le regretteras pas. Le vrai combat, c'est là-bas qu'il se déroule, ce n'est pas à Hollywood.

Et Leland regarde les yeux de Dorothy chercher ceux d'Alan. Il n'y avait pas beaucoup à insister, elle était déjà décidée. Il fallait simplement appuyer un peu là où loge la culpabilité. Il connaît l'essentiel : elle aussi veut sentir l'odeur de la poudre, être prise dans l'aventure de cette révolution romantique. Tous les écrivains, poètes et romanciers qui rejoignent l'Espagne le désirent, tous se sentent Lord Byron à l'aube de son départ pour la Grèce.

Distraite, Dorothy remue le fond de son verre d'alcool en pensant qu'elle n'avait pas réussi à écrire sur Sacco et Vanzetti. Cela avait déchiré ses nuits d'insomnie… Mais voilà le récipiendaire du Pulitzer qui insiste, implacable :

– Et Lillian d'ailleurs ? Ne voyageait-elle pas avec vous ? Que fait-elle ?

Dorothy se raidit.

– Lillian est en URSS. Je crois qu'elle donne des conférences d'esthétique. Elle nous rejoindra sans doute plus tard.

Dorothy ne veut pas jeter Lillian en pâture à ce journaliste aussi brillant qu'intransigeant. Elle préfère lui cacher qu'Hellman ne les rejoindra sans doute qu'une fois assurée de l'intendance à Valence. Et encore… Dottie cache mal son embarras. Leland Stowe lève le sourcil vers Alan Campbell – lequel louche ailleurs, soudain farceur –, puis les deux hommes échangent un regard entendu. Personne n'explique la relation qui lie ces deux femmes aux caractères contraires. Dorothy n'est pas tout à fait aveugle concernant Lilly, mais elle ne veut pas qu'on lui fasse la leçon : c'est la moins mauvaise des amies qu'Hollywood puisse lui offrir. Elle relève les yeux vers Leland et son mari, et, aspirant le fond de son verre, les défie de continuer leur silencieuse discussion.

Vite, laisser ces mondanités et se trouver, enfin, dans ce pays d'où retentissent ces slogans qui se fondent : *¡Viva España !*, *¡Arriba España !* Une exclamation pour laquelle on meurt, une interjection pour laquelle on tue.

Leland fait ses adieux, tandis que Dorothy prend tout bas l'engagement de ne rien voler à ces gens qui se battent pour leur liberté. Rendre hommage, sans emporter en talisman un morceau de leur terre. Certains se comportent parfois en conquérants. Hemingway en est. Il semble ignorer qu'à son enthousiasme intransigeant se mêle désormais un autoritarisme désagréable. Serait-ce une preuve de l'évolution des consciences loyalistes ? Les inquiétudes de Dos Passos seraient-elles fondées ? Lui place la liberté plus haut que toutes les autres valeurs, et Dorothy, qui hait la contrainte, partage ses vues. Ces deux-là n'ont pas le goût des certitudes définitives, ils ne peuvent réfléchir qu'en questionnant, inlassablement. Gellhorn et Hemingway, à l'inverse, se sont trouvé un mantra terrible : la fin justifie les moyens. L'ingérence soviétique dans les affaires espagnoles ? Un pis-aller. Tout plutôt que renoncer à une Espagne libérée des fascistes. *Et que vaut l'exécution d'un Roblès, face à cet espoir ?* Le coup de fil d'Ernest revient à l'esprit de Dorothy, qui se sent tout à coup mal à l'aise.

Mais vite, abandonner la discussion et se trouver, enfin, dans ce pays d'où résonnent toutes les contradictions de la révolution. Dorothy commande un gin-tonic et, tout haut, décide :

– Pour l'heure, un taxi pour Montparnasse suffira.

Chapitre dix-huit

La logique du pragmatisme
Paris, août 1937

La rue de Rivoli peine à sortir d'une lourde nuit d'été. Chaque fenêtre, chaque pas de porte sent le repos, le délitement propre aux congés, tout suinte la torpeur estivale. C'est presque une honte d'être encore ici et pas sur la Côte d'Azur – même le pavé soupire. La tranquillité a tout étouffé.

Neuf heures, le Paris du *Meurice* ouvre les yeux. Les draps glissent sur les corps. Dans l'hôtel, par égard pour les dormeurs, les bruits du service sont assourdis.

Dorothy Parker est debout depuis plusieurs heures. Pas pour autant coiffée, ni maquillée, encore moins habillée. Le peignoir brouillon, le cheveu hirsute, elle répond au courrier de la Ligue antinazie, lit celui du Syndicat des auteurs d'Hollywood, qu'elle a contribué à refonder avec Lillian. La *Screenwriters Guild*, création de Frances Marion, scénariste pionnière, revit. Les menaces des producteurs, les intimidations de Louis B. Mayer, les écoutes téléphoniques illégales, les filatures, rien n'a entamé le moral de la troupe menée par les terribles gauchistes d'Hollywood : l'élégant couple March – Fredric et Florence, l'aristocratique Parker et la professorale Hellman. L'hystérie antisyndicale de leurs employeurs a fini par refluer quand la fusion des organisations a reçu la consécration d'une instance nationale. Quant à la Ligue antinazie, les remous de sa fondation sont encore à venir. Dorothy appartient au comité de direction de ces deux associations qui n'ont encore qu'une année d'existence : il faut veiller sur leur croissance. Qu'en sait son public, qu'en connaissent ses admirateurs ?

Il y a vingt ans, les journaux gommaient l'image de Frances Marion dans son uniforme de correspondante : la publicité de la MGM jugeait le kaki militaire de mauvais goût. De la même façon, la conscience sociale de Dorothy est éludée par la presse américaine. Il faut plutôt être ici, à Paris, pour trouver plusieurs titres qui se font l'écho de ses activités militantes. *France-Soir*, *L'Intransigeant*, *L'Humanité* sont plus diserts que les gazettes d'Hollywood, passionnées par le chenil de la scénariste. Du dalmatien au caniche, neuf bêtes tout de même, on comprend qu'il y ait à dire.

L'excitation de cette année passée à rassembler, à haranguer, à convaincre devait trouver un aboutissement. Dorothy s'en rapproche : ce voyage, cette guerre, c'est sa lutte finale. Son écriture en sera régénérée, vers et prose compris. Elle ne sera plus le bouffon des nantis.

Les fenêtres de la suite sont grandes ouvertes sur le jardin des Tuileries. Ses jambes dépassent du repose-pied et battent la mesure du chant des oiseaux entre deux lettres. Dorothy sonne pour réclamer davantage de café noir.

La bonne ne voit qu'un toast à moitié grignoté.

– Madame ne souhaiterait-elle pas autre chose ? demande-t-elle.

Dorothy se retourne, railleuse, vers la femme de chambre.

– Mais si, en effet… *a better world, please.*

Comme si Dorothy Parker pouvait arrêter de se moquer. L'autre se retire, promettant le café pour tout de suite. En poussant la desserte dans le couloir, l'employée croise une femme de chambre.

– Quelle honte, cet établissement est rempli d'excentriques ! Et le duc et la duchesse de Windsor qui risquent d'arriver au milieu de ces communistes !

Puis, singeant la clientèle :

– Que ne descendent-ils au *Crillon* ?

Les deux s'en vont, pouffant. La perspective de la visite du roi déchu et de l'Américaine Wallis les grise.

Dorothy Parker allume une cigarette d'un geste précieux. Dans la chambre, l'odeur du tabac ranime Alan. Il marmonne de l'autre côté de la cloison.

– Que fais-tu déjà debout, Dottie ?

– Il faut se rendre à l'ambassade, mon colonel, répond Dot, patiente.

À ce propos – elle se résout à passer ses bas et une robe de flanelle claire.

– Je m'en occupe. Tu prendras les billets d'avion pour Valence.

L'écrivaine s'installe à sa coiffeuse, avec l'impression d'avoir résolu les problèmes en les ayant planifiés. Elle applique sa poudre avec vigueur et enthousiasme. Le pinceau passe à gauche, puis à droite, encore à gauche, et le bout du nez se retrouve trop brillant, tant pis ! Du noir sur les yeux, un dernier passage de brosse qui lustre ses cheveux, puis la jonquille boisée se répand sur la flanelle. Vol de nuit, de Guerlain, a supplanté le Chypre de Coty dans ses bagages. Elle aime ces luxueux parfums orientaux, boisés et rétifs à la description. La presse américaine le lui reproche… Qu'importe ? Quelques minutes plus tard, elle est rue de Rivoli.

La promenade est courte depuis l'hôtel *Meurice* jusqu'à la place de la Concorde, déjà baignée d'un inflexible soleil. L'obélisque rayonne dans sa majestueuse incongruité. Dorothy l'admire quelques instants. Devant sa géométrie épurée, elle se souvient des gratte-ciels new-yorkais, si lointains, si proches dans leur volonté de tutoyer le ciel, de narguer le soleil.

– Un beau mirage, n'est-ce pas, madame ?

Un bel homme, la moustache fine, s'adresse à elle. Porte-t-il un regard significatif sur l'architecture égyptienne ou sur elle-même, Dorothy ne sait pas. Ces Français sont ou trop ou pas assez subtils, mais ils devraient se décider. Dorothy s'éloigne avec un imperceptible mouvement de tête qui vaut salut et un sourire narquois.

Lorsqu'elle atteint le bâtiment de l'avenue Gabriel, à quelques pas de là, elle est en sueur. *Diable, que me réserve l'Espagne ?* se murmure-t-elle en matière d'encouragement.

Massif et intimidant, le portail se découpe dans la pierre blanche. Mais une fois le seuil franchi, il suffit qu'elle prononce son nom pour que toute l'ambassade la fête. Alors on reconnaît sa frange et ses yeux noirs, ce noir de jais, ce mystère chic qui n'appartient qu'à elle, la Louise Brooks des Lettres. Sa célébrité rayonnant depuis New York et Hollywood jusqu'à la chancellerie parisienne lui assure l'estime de tous. Les attachés, charmés de rencontrer un tel personnage en chair et en os, lui ouvrent les portes. L'effet est vif comme dans une comédie musicale. Les secrétaires rangent leurs lunettes, l'une les agite, au contraire, avec un clin d'œil appuyé vers la star de la journée.

Men seldom make passes / At girls who wear glasses. Ce ne sont certes pas les vers les plus inspirés de la poétesse, mais une de ces boutades caustiques qui l'ont rendue célèbre jusque dans les salons capitonnés : « Les hommes se désintéressent / Des filles qui portent des lunettes. » C'est pourquoi Dorothy préfère voir flou. Le monde en est plus doux.

Elle est introduite auprès d'un jeune homme chargé des passeports, un beau garçon rose et blond. Le type fringuant, l'allure sportive. Le jeune diplômé porte les cheveux en brosse, très courts, signe que l'académie militaire lui manque. Était-ce West Point ? Dorothy lui trouve une forme olympique. Un blanc-bec aussi dynamique dans un costume trois-pièces – l'uniforme conviendrait mieux. Un garçon bien élevé, bien nourri – bien-pensant, à coup sûr.

Ç'aurait été son genre, pour un soir : beau, grossier et stupide, la Sainte Trinité qu'elle a déclinée si souvent, trop longtemps – Alan est venu mettre un terme à cela, quand elle allait de John en Steve, comme de Charybde en Scylla.

Les grands yeux clairs du cadet ne la regardent pas tout à fait, ne la replacent pas dans le Panthéon américain. Le jeune homme dissimule mal une certaine impatience par une courtoisie légèrement effrontée. Il y a de la tension dans l'air. Dorothy Parker brise tout cela en usant d'une voix maternelle, d'un ton de conspirateur :

– Dites-moi ce qui se trame, je le sens, une chose importante vous occupe.

L'attaché s'explique alors :

– L'équipe de golf de l'ambassade à Paris est à la veille d'un tournoi. Un tournoi à jouer, bien plutôt, un tournoi à gagner – pensez donc, contre l'équipe de l'ambassade à Bruxelles.

– En voilà une question internationale de premier ordre, se contente-t-elle de répondre, avec une ironie lasse.

Peut-être s'est-elle contentée de lui adresser son sourire de sphinx. Après tout, même Dorothy Parker a besoin d'un tampon sur son passeport pour voyager.

– Oh, et, au fait, de quel côté de l'agitation vous rendez-vous ?

Il lui demande cela avec un air farceur, maintenant qu'il l'a initiée au grand secret, ils sont familiers, et un rire de circonstance, *because, you know*… Dorothy Parker dit donc : « du côté loyaliste », et « s'il vous plaît, merci ».

Parce que c'est ainsi, elle ne peut pas s'en empêcher. Elle n'a que sa politesse victorienne à opposer au désastre.

Le cadet, au blazer impeccable, à la bouille de bébé rose, lui répond, avec une candeur effrayante :

– Vraiment ? Enfin, si c'est ce que vous pensez qu'il vous faut. Bien sûr, vous vous amuseriez bien plus du côté de Franco.

Dorothy se passe un court instant la main devant les yeux, éludant l'insouciance de l'insensible. Derrière ses paupières dansent les morts mutilés des actualités. La valse macabre emporte les figures du film de Joris et d'Ernest, les vieux sans âge courbés sur les champs secs, les femmes enceintes sans pain, la résignation des enfants devant les ruines de leur maison. Dorothy a laissé derrière elle l'indifférence de ceux qui peinent à s'imaginer la réalité d'un conflit. Elle se heurte avec violence à la froideur du voisin qui chasse la vision de la guerre pour en dénier la proximité. L'idéalisme à l'épreuve du feu.

Pour Dorothy, le bonheur importe peu. L'honneur est tout. Alors elle répond : « Je suis écrivain ».

Elle ramasse les papiers chiffonnés d'encre, et elle s'en va, saint Antoine chassant le démon de la légèreté.

Bientôt, à l'heure pas si lointaine où l'on accusera Charlie Chaplin de « turpitude morale », tout cela lui sera reproché. Le dossier compilé sur elle par le FBI contiendra toutes les participations « subversives » de Dottie à des dizaines d'associations pour la paix dans le monde, comme présidente, donatrice, membre du bureau – ou même simple signataire de pétition. Les enquêteurs de McCarthy retiendront contre elle l'invraisemblable qualification d'« antifasciste prématurée ». À partir de 1951, ils la feront figurer sur « la liste noire », celle des personnalités dont on déconseille les services.

Chapitre dix-neuf

Le vol des cigognes
València, octobre 1937

Les rebelles contrôlent les deux tiers du pays, mais à Valence, l'optimisme en faveur de *la causa* se renouvelle en ce premier jour d'octobre. Sous les torsades gothiques de l'immémoriale *llotja*, la loge de la soie, le Parlement se réunit à nouveau. Les habitants, serrés au coude à coude sur la place du marché attenante, applaudissent avec enthousiasme les représentants de la République. Ceux-là s'installent dans la salle des colonnes. Là aussi, entre les hélices de pierre, se poursuit la lutte pour la liberté. Les gargouilles médiévales montent une garde muette, elles qui ont vu défiler des siècles d'histoire mouvementée, de complots en *pronunciamientos*.

Durant l'acclamation, Dorothy et Alan se sont tenus en bordure de la foule, mais ils sont aussi galvanisés que les plus fervents des Valençais. Le cœur enflammé, ils s'en retournent au sud de la vieille ville, à l'hôtel de la reine Victoria. C'est dans ce palace que le bureau de la presse étrangère leur a attribué un logement, au deuxième étage d'un des grands hôtels dévolus aux correspondants étrangers. De leur chambre, ils commandent un chocolat pour fêter l'événement de la journée.

Le couple éprouve des sensations, des sentiments qu'on leur a tant décrits qu'Alan et Dottie se demandent si ce sont les leurs, ou si la guerre est inséparable du stéréotype. Alan craint déjà le drame du beau temps, car c'est un fait établi qu'en Espagne le ciel brille plus qu'ailleurs, et c'en est un autre également certain que les nuits claires et étoilées sont propices aux raids aériens.

Leur baptême du feu a eu lieu dès le premier soir. Tous deux se sont précipités au balcon, épouvantés, mais fascinés, les doigts crispés sur le fer forgé de la rambarde, tandis que dans le ciel rendu lumineux, les aéroplanes venus de Majorque lâchaient leurs cargaisons de bombes sur la ville. Ensuite, comme au cinéma, l'espace s'est à nouveau obscurci – dans un fondu au noir parfait, laissant la terreur hors champ.

Au matin, dans la salle principale du café *El Siglo*, un camarade de la propagande explique, sarcastique, comment différencier les bombardiers italiens Fiat – les « cicogna » et « pipistrella » – des allemands, les Heinkel 59, qu'il appelle les « zapatones » : « À cause de leurs flotteurs, on dirait des chaussures de clown. »

Mais tous les communistes n'ont pas l'air sympathique, et quelques-uns ne plaisantent jamais. Certains grands blonds soviétiques font même l'effet d'inquiétants Aryens, et quand ils arpentent les couloirs du *Reina Victoria*, le sentiment de sécurité est pour le moins ambivalent. Ces impressions,

Dottie les refoule : elle ne connaît rien aux militaires, aux combats, à l'art de mener la guerre. *Certainement*, se dit-elle, *les batailles ne peuvent pas se gagner qu'à grands coups de tracts, de pétitions et de commande de « Guernica »*.

Cependant, elle n'a envie de raconter à personne qu'avant son départ, Perelman la surnommait « Dotnick », quand ses déclarations devenaient trop catégoriques. Ici, Dottie n'a pas de surnom. La plupart des camarades ont sans délai rebaptisé Alan en « Aldo », mais son prénom à elle ne s'accommode guère d'un affectueux diminutif espagnol. Et puis, quand elle est arrivée enchapeautée il y a trois jours, personne n'a eu le courage de lui faire ôter ses fleurs de pommier. Il a fallu que les rires des enfants lui apprennent que c'était réservé aux « nationaux » et aux bourgeois. Parker a aussitôt rangé son bibi au fond de ses bagages.

Valence, Paris, New York, Madrid : dans toutes les villes, les intellectuels et les artistes ont l'habitude des cafés, des restaurants qui abritent leurs travaux solitaires, leurs rencontres formelles et les discussions de fin de journée, leurs débats, les « tertulias ». Dans la nouvelle capitale de la République, l'*Ideal Room* de la rue de la Paix est le principal lieu de ralliement. C'est là que Martha, qui est venue de Madrid pour la réunion des Cortès, a donné rendez-vous à Dorothy.

Parker s'installe contre un guéridon, et, du plat de la main, caresse le marbre opalin. Le serveur dépose une *horchata* devant Dottie qui grimace, surprise par le goût lacté de la boisson. Un voisin de tablée s'en amuse, elle se fâcherait bien, mais dans quelle langue ? Un dénommé Max, qui se présente comme un correspondant anglais, rapproche sa chaise, et, après le *salud* confraternel de rigueur, lui dit :

– Je vais arranger ça.

Dans le brouhaha, il hèle le serveur qui apporte un rafraîchissement au citron.

– Cela me convient mieux, admet Dorothy.

Le ventilateur, au-dessus de la table, fait tourner ses pales sans refroidir l'atmosphère.

– Que fais-tu à València ? demande Max. Amie, Ennemie… Espion ?

– Oh non, sourit Dorothy. Le ridicule peut être un bouclier, mais ce n'est pas une arme.

– Diable, de l'autodérision ! Cela faisait longtemps que je n'en avais pas entendu… L'intransigeance est plus raisonnable, de nos jours. Nous sommes entourés par des prisons secrètes qui ne célèbrent pas vraiment le principe d'indécision. Dans cette lutte, il n'y a pas beaucoup de pervers. Mais il y en a, et comme tous les grands malades, ils ont de l'imagination…

Interrompant leur conversation, Max s'est levé pour embrasser Martha Gellhorn, que Dottie n'avait pas vue entrer. Dorothy l'accueille aussi avec effusion.

– Je suis ravie que vous ayez fait connaissance, dit Gellhorn, posant sa veste de cuir. Comment te sens-tu, Dot ?

– Comme un pion, dit Dorothy, les yeux fixés sur le carrelage au damier noir et blanc.

– Et vous ? demande-t-elle en regardant Martha et Max. Tour, dame, cavalier ? Roi, non, ça, c'est exclu…

Martha et Max éclatent de rire. En satiriste, Parker a l'habitude de plaisanter la forme et de parler la dernière, qualités qui ne sont pas forcément les plus adaptées aux affrontements dialectiques, mais qui lui confèrent à nouveau son rôle d'animatrice spirituelle.

Laissant Max à d'autres rencontres, Dorothy et Martha sortent en direction de la Maison de la culture, à deux pas. Un fort vent d'ouest parvient jusqu'à elles, soulevant leurs chemises.

– Nous sommes poursuivies par les tourbillons de Santa Ana, Martha, déclare Dottie.

Gellhorn, à cette évocation, se sent chargée d'une soudaine nostalgie et change d'avis. Prenant le bras de Dottie, elle suggère de l'emmener vers la mer. Dottie tente de régler son pas sur les longues foulées de Martha, toujours plus rapide quand elle est émue.

Le dimanche, Martha a terminé son article pour *Collier's* et se prépare à retourner à Madrid. Ernest Hemingway, son *Ernesto*, lui manque. Avec Dottie et Alan, rendez-vous est pris cette fois au café *El Siglo*, à la population plus locale, moins internationale que celle de l'*Ideal Room*. Là, le petit groupe entame une conversation avec des soldats en permission. Dorothy offre des cigarettes à la ronde, et quand l'heure sonne pour les soldats de regagner le front, Dottie insiste pour qu'ils emportent la fin du paquet de Chesterfield. Les hommes en sont tellement heureux que Parker est gênée, puis elle reprend sa respiration.

S'attarder au café conviendrait tout à fait à Dorothy, et elle envisage de faire succéder à ces indétrônables limonades quelque chose de plus fort. Après tout, les débits de boissons en tout genre restent son élément favori, fournissant le décor et la temporalité des huis clos urbains qu'elle excelle à décrire. Mais Martha claque les mains au-dessus de sa tête pour payer le serveur. Celui-ci lui adresse un geste vague en retour, qui signifie que c'est réglé. Les soldats se sont acquittés de toutes les consommations. Dorothy n'en revient pas de cet orgueil qui mêle galanterie, pudeur, dignité. George Orwell en dit : décence ordinaire.

Une émotion extraordinaire l'étreint, et dans la soirée, elle esquisse le brouillon de la relation de cet après-midi. Convaincue qu'elle a fait l'expérience essentielle, celle d'une solidarité dans l'égalité, elle s'accommode même du pénible mécanisme de sa machine portable. Quelques semaines plus tard, Harold Ross sélectionne la version définitive du texte pour *The New Yorker*.

Chapitre vingt

À l'ombre du Miguelete
València, octobre 1937

Elle oublie d'avoir peur. Elle s'arrête aux devantures, flâne, une main sur le nœud du foulard qui la protège, empêchant le tissu d'être emporté par un vent chaud. Même le matin, le climat est torride. Ni la proximité du Río Turia, le fleuve qui traverse la cité, ni celle de la Méditerranée n'y font rien. Les étrangers s'imaginent en plein désert, l'insolation et l'hallucination toutes proches. Vingt ans plus tard, le Turia sortira de son lit et dévastera le cœur de la ville. Il n'y a pas de clémence à attendre de son cours impétueux.

C'est un dimanche matin, calme et serein. Le soleil chauffe la chaussée, nettoie les murs, fait éclater la brillance du moindre coin de nickel, de la plus petite courroie. Le tramway luit, on dirait un jouet bien astiqué. Dorothy Parker bâille d'un ennui las en attendant son tour dans la file. Sur la vitrine du commerce, aucune affiche décourageante informant : *No hay tabaco*.

À Valence, on achète ses cigarettes, mais on fait aussi les provisions des soldats, de sorte que la queue est interminable. Nombreux sont les combattants qui attendent plutôt un éventuel ravitaillement de leurs proches que de leur état-major.

La buraliste propose des timbres de soutien au lieu de l'habituelle loterie. De l'âge de Dorothy, de sa mise étudiée, elle se figure l'étrangère mère de famille. Elle pointe l'un des timbres. Sur celui-là, le visage d'une femme épouvantée, les yeux grands ouverts, un enfant craintif contre sa joue, prend presque toute la vignette. De minuscules avions, au nombre de quatre, suggèrent l'escouade fasciste répandant l'effroi. La femme dit « *Madre* », en touchant son cœur, puis en pointant son doigt vers Parker. Le réalisme prolétarien du graphisme n'est pas très émouvant, mais la supposition de son interlocutrice fait monter des larmes aux yeux de Dorothy, émue de ce que la femme a cru voir de maternel en elle. Comment refuser ?

« Si, tres, por favor ». La matrone, aux airs et aux manières de Dolores Ibárruri, n'a qu'un temps assez bref à accorder à chacun – elle lui répond alors d'un ton entendu : « *Tres niños !* », en tendant d'une main timbres et tabac, prenant l'argent de l'autre. Parker les saisit, elle se sent confusément honteuse d'avoir, un instant, usurpé ce statut de mère qui lui a été refusé. Puis elle chasse toute mortification de son esprit, relevant haut la tête.

De ces paillettes de propagande républicaine, Dorothy en est envahie. Il y en a dans ses poches de jupe, dans son sac à main, jusqu'entre les brins de son éventail.

– *Gracias, muchas gracias.*

La commission des cigarettes enfin accomplie, Dorothy s'éloigne de la Pasionaria de quartier. Sortant à peine du commerce, un rai de soleil lui tombe sur la joue, caresse de feu. Elle sourit à la fin de l'été, à la joie de l'éphémère – et dans l'instant le ravissement se mue en saisissement. Ce qui stupéfie brutalement la poétesse, c'est de réaliser qu'elle n'a pas peur, et qu'elle bâillait tout à l'heure comme une enfant mal élevée.

Elle a pris l'habitude de la guerre. Le hurlement des sirènes lui est devenu banal, et elle s'arrange des restrictions – même de ce qu'on fait ici passer pour du café. Cela est arrivé si vite. Cette prise de conscience l'inquiète plus qu'elle ne la rassure. Pour calmer ses esprits, elle se concentre sur des idées plus générales. Ainsi de Valence devenue, bon gré mal gré, une capitale portuaire. Dorothy marche le long du fleuve en direction de la mer, réfléchissant à ce qu'elle pourrait tirer de cette idée. Tâche ardue que la sensibilisation de l'opinion américaine, ignorante du conflit. Que dire là où le film de Joris Ivens, où la parole de Martha Gellhorn dans le bureau ovale n'ont pas suffi ? L'embargo sur l'Espagne étouffe encore les républicains. Les trouvera-t-elle, ces phrases décisives, les écrira-t-elle, ces formules magiques ?

Malgré tout son découragement, elle s'arrête pour noter ses réflexions sur un banc public. Sur la place François de Vinatea se dresse le *Miguelete*. Le vestige du XVe siècle, à la fois clocher et tour de guet, abrite la Coordination de la défense passive aérienne. De la charmante tour gothique, on s'attend plutôt à voir surgir une belle à sa fenêtre qu'une lunette militaire. À l'écart de la place, un square évoque un jardin andalou. Une atmosphère de conte mozarabe entoure de quiétude les bosquets taillés, les arabesques de fer. Dorothy prend place sur une étroite assise de pierre. Dans l'ombre de la cathédrale aux trois portes, la température l'engourdit et le sommeil se fait tentateur.

Alors que le crayon est prêt à s'enfuir de sa paume moite, la sirène d'alerte retentit, stridente, depuis le clocher. Dorothy se lisse les paupières et se relève. Elle se saisit d'une cigarette et l'allume prestement alors qu'elle se hâte au fond du square, tout à coup désenchanté. Tous convergent dans la même direction, la prudence fataliste. Les dernières volutes de fumée sont aspirées tel un remède avant la descente dans l'abri : sous terre, il est strictement interdit de fumer.

Le raid allemand s'est prolongé. Ce n'étaient pas quatre avions ainsi que sur l'image du timbre de soutien, mais plutôt cinq. Les articulations crispées par l'attente et l'ennui, elle remonte, comme les autres, à la surface.

Le dimanche ensoleillé s'est tendu d'inquiétude. Les bombardements auraient visé une zone près du port, en amont d'*El Cabanyal*. Dorothy ne parle pas espagnol, mais certains mots du valencien sont proches du français, qu'elle connaît bien. Et puis, quelques jours seulement dans Valence ont suffi à retenir les phrases essentielles.

La résignation se lit sur les visages. Un *barrio* pauvre, surpeuplé et mal entretenu a été pris pour cible. Dorothy se met à marcher dans cette direction, reprenant son itinéraire interrompu par le raid. Place Emilio Castelar, avisant un tramway continuant vers les docks, elle s'y installe avec soulagement. La température a encore augmenté.

Elle sait qu'elle est arrivée au moment où les habitations se sont effondrées les unes sous les autres, les unes dans les autres, que tout n'est plus que ruines.

Le quartier lui fait l'effet d'une feuille de papier rageusement broyée. Il n'y a plus grand-chose des lieux où tant de familles vivaient en paix. Ici, un vieil homme réclame sa femme. *No sé*, « je ne sais pas », lui répond-on, les yeux baissés. « Avez-vous vu ma femme ? » Les gardes nationaux bloquent l'accès aux décombres. Ils n'ont pas de réponse aux questions de douleur. Deux petites filles essaient pourtant de passer. Leur père a été tué sous leurs yeux. Elles tentent d'échapper à la surveillance des militaires pour atteindre le chaos de l'effondrement parce que leur mère a disparu, elle aussi. Le père des petites, la femme du vieil homme, tant et tant de civils déchiquetés par les bombes des alliés franquistes.

Les enfants ensuite dessineront les lâchers d'obus et les flammes et les fragments de corps éparpillés dans le ciel. S'il y a encore des enfants. C'est Dorothy qui le dit, plus tard, avec un lyrisme qui ne lui est pas habituel.

Arès possède au plus haut degré le sens de l'esthétique, affectionnant le symbole morbide. C'est pourquoi, sur un tas de gravats, émergeant d'une poussière blanche, on distingue un chaton mort et une poupée brisée. Tremblante, Dorothy Parker extrait ses notes de son sac, griffonne quelques mots sur la scène, le cœur déchiré. Sans ça, plus tard, elle pourrait croire que son imagination lui joue des tours sentimentaux et pathétiques. Elle écrase son carnet de la pointe du crayon tandis qu'on arrive de part en part. Les victimes d'hier proposent leur soutien à celles du jour.

Un officiel s'offre de ramener l'Américaine chavirée. Dorothy Parker est glacée par trente-cinq degrés. Après tout, il faut qu'elle ne soit pas encore tout à fait habituée à la guerre. Ce qui lui est arrivé au matin, cette sensation, ce faux calme, ce n'était rien qu'une vue de l'esprit.

Rentrée à l'hôtel, elle écrit : « Ils ont fait du bon boulot en ayant ces deux-là, le chaton et la poupée ; c'étaient des ennemis très dangereux du fascisme. » C'est une des rares phrases ironiques qu'a réussi à écrire Dorothy à propos de l'Espagne. Sidération et satire ne sont guère compatibles.

Le lendemain de l'attaque allemande, Dorothy et Alan ont rendez-vous au bureau de presse du ministère des Affaires étrangères. La responsable des sauf-conduits, Constancia de la Mora, a identifié une voiture qui peut les conduire à Madrid.

Chapitre vingt et un

Doña Dorothy de la Mancha
Plateau de la Meseta, octobre 1937

Sur le conseil de Martha Gellhorn, Dorothy et Alan n'emportent que le strict nécessaire. Un sac de voyage contient le change de quelques jours, leurs bagages restant stockés à l'hôtel *Victoria*. Dans le véhicule, ils répartissent du thon et des sardines en boîte, du beurre en pot, et surtout, caché dans un drap monogrammé du palace, un énorme jambon cru en salaison. L'aidant à caler la cuisse de porc dans le coffre étroit de l'Hispano-Suiza, Parker dit à Alan :

– Cette tragi-comédie de la guerre, je ne l'avais pas du tout imaginée.

Mais Gellhorn sait combien ses collègues ont faim, elle-même en a assez des haricots et du chou-fleur des bons jours. Enfin, Dorothy et Alan se hissent chacun d'un côté sur le marchepied, s'introduisent dans l'espace restant, et leur chauffeur démarre. Constancia de la Mora leur a aussi fourni le concours d'un interprète, qui occupe le siège passager. Le jeune homme a l'œil qui pétille sous son béret noir. Ses cheveux sont séparés par une raie grasse et ses gestes sont volubiles, c'est un enfant charmant.

À la sortie de Valence, des champs entretenus s'étendent sous leurs yeux. Pendant quelques kilomètres, une illusion de pays nourri, de nation en paix, prospère, entoure le véhicule. Un mirage agricole des anarchistes, qui croient à la beauté de la démonstration. Les champs sont ceux des nouvelles cultures, et le camarade en explique les innovations à Dorothy. Il articule pour se faire comprendre correctement. En fait d'interprète, le jeune homme n'a que des rudiments d'anglais, et Dorothy ne saisit que les mots « terre », « eau », « saisons ». Elle hoche la tête et parfois se penche vers son interlocuteur quand les cahots de la route rendent la parole inaudible en plus d'être indéchiffrable. Par moments, Alan s'endort presque. Malgré le risque de bombardement, le qui-vive ne peut être constant. Puis le camarade termine, mais Dorothy continue d'écouter l'exaltation qui emplit la voiture.

L'heure est matutinale. Quelques nuages arrachés à la nuit laissent comme des traces de craie sur un ciel pâle. Au-dessous, le dégradé de vert des arbrisseaux, des cultures, des derniers chênes avant le maquis. Passé le trente-deuxième barrage – ou était-ce le trente-quatrième ? – sont-ils nombreux ! Dorothy, ennuyée, a arrêté de les compter – c'en est fini des cultures modernes, de l'image d'une terre fertile et des promesses d'abondance. Les images du documentaire de Joris Ivens ne sont plus projetées dans leur salon, elles défilent derrière les vitres de l'Hispano-Suiza réquisitionnée.

Le sol est dur. La terre stérile, souvent fendue, parfois calcinée. En certains endroits, la sécheresse a dû se prolonger et il n'y a pas d'irrigation. Les villages traversés ont la couleur des champs avoisinants.

– Un camouflage idéal pour désarçonner l'aviation allemande.

Dorothy tente de faire sourire son mari, mais plus loin, un hameau en ruines la contredit. Alan se renfrogne. Elle aussi frissonne de solitude à regarder ces paysages uniformes et austères. Que fait-elle dans cette Hispanie immémoriale, à s'avancer dans une Castille dont elle ne sait rien ?

L'association d'idées survient, inévitable. Dorothy éprouve à nouveau l'amertume de son premier voyage, dix ans plus tôt. Hemingway lui rebattait les oreilles de l'Espagne éternelle, et son amant était décevant. Quand elle s'aperçut que Paris devenait américaine, matière de jeu, manière de défi, elle proposa à Seward Collins de l'emmener suivre les traces d'Ernest plutôt que de partir en Italie. Le jeune homme s'exécuta, plein de bonne volonté. Le résultat fut navrant. À Barcelone, elle fuit la corrida après la première mise à mort, et à Séville, elle jugea les défilés de la semaine sainte arriérés. Tout le pays lui était apparu ainsi : grossier, autoritaire et languissant. Non seulement on ne pouvait voir un torero en tenue sans assister à un massacre sanguinaire, mais en Andalousie, le seul homme qui ne lui pinçait pas les fesses était Seward lui-même.

Ce qui n'empêchait pas la pudeur affectée envers le couple d'amis qui accompagnait Seward et Dorothy : dans un train pour Madrid, on leur reprocha la tendre sollicitude de l'époux envers sa femme. Seward savait assez l'espagnol pour envoyer paître l'administration locale, laquelle le ficha en prison à l'arrivée en gare. La bigoterie avait paru à Dottie une passion espagnole aussi hypocrite qu'ennuyeuse. Elle ne pouvait croire que cela n'ait pas agacé Ernest, faisant fi de leur goût commun pour le drame et l'excès.

Dorothy se bat contre la mélancolie, contre la neurasthénie qui l'envahit. Elle reporte ses pensées au présent. Et le périple continue, la lente progression vers le front, d'un barrage à l'autre. Pas même un olivier ne rappelle la riante *huerta*. Du ciel gris souris tombent des gouttes de pluie qui n'atteignent pas le sol. On traverse la Meseta : un plateau vieux comme le monde, courbé de coteaux granitiques, semé de villages désolés, arpenté par des moutons égarés. Dans un de ces hameaux, on s'arrête. Près de l'église, une maison s'ouvre pour les voyageurs. De l'huile d'olive, on extrait un morceau de *manchego*. Pour Dorothy, la maîtresse de maison allège l'épais vin rouge d'un peu d'eau. Le moment est vite arrivé de repartir. On ne sait comment, le foulard de Dottie se trouve passé autour du cou de la femme, et, dans le sac à main de l'Américaine, l'hôtesse glisse un mouchoir tout rond, une fleur aux pétales de dentelles. L'Hispano-Suiza redémarre peu après, mais pas pour longtemps.

Leur Rossinante, qui crachote depuis le matin, se fige une fois de plus devant des miliciens. Entre Valence et Madrid, on dénombre près de cent cinquante contrôles routiers, et donc de vérifications d'usage. Jamais encore Dorothy n'a fait un tel voyage en voiture, pendant lequel le conducteur s'entretient autant avec des interlocuteurs situés en dehors du véhicule. *On frôle le comique de répétition*, se dit-elle. Dans ces conditions, parcourir les quatre cents kilomètres prend la journée entière, et favorise la rumination.

Dorothy chasse les relents de ses souvenirs pour se tourner vers Alan, qu'elle voit crispé contre la portière droite. Elle lui prend la main avec douceur. La route est dangereuse et le colonel n'aime ni le danger ni sa perspective. Pendant le bombardement, il attendait Dottie à l'hôtel, fou d'inquiétude, ne sachant où aller, espérant qu'on lui ramène sa femme intacte. Il porte un costume de cotonnade gris et se sent prisonnier de ces vêtements prétendument confortables. Dorothy, elle, a revêtu une longue robe noire sinistre. Ça ne salit pas, et ça passe partout : le pays est en train de se tendre de deuil.

À la Société des Nations, le général Franco attaque la légitimité du gouvernement de Valence.

Chapitre vingt-deux

Les pleurs des oiseaux
Madrid, octobre 1937

Dorothy et Alan ont à peine dépassé le seuil de l'hôtel qu'ils remarquent Martha Gellhorn accoudée au bar, le visage penché sur son carnet. Ils traversent sans hâte le hall dans sa direction, il est tard, ils se sentent les os en bouillie après les cahots de la route. Peu avant Madrid, un avion est passé au-dessus de l'auto dans un sifflement infernal, avant de lâcher une bombe plus au sud.

Ernest est installé près de Martha, très occupé d'une carte à grande échelle dépliée devant lui. À ses côtés, Herbert Matthews, plus grand que costaud, le port altier, le sourcil froncé et le front haut. Le reporter du *New York Times* est l'un des journalistes étrangers les plus courageux, et peut-être le plus raffiné. En toutes circonstances, il porte une veste bien taillée, et un imperméable élégant lorsque le temps est trop mauvais. Lui se rend si souvent sur le front qu'il y a longtemps qu'il se passe des services du gouvernement et conduit sa propre automobile. Jamais souriant, toujours concentré et l'air vaguement agacé, il porte le béret des miliciens avec une suprême distinction. Une lueur de plaisir dans les yeux, il salue Alan et incline la tête devant Dorothy :

– Miss Parker, un peu de légèreté ne nous fera pas de mal, vous savez.

Dorothy n'ose pas répondre : *Mais je ne suis pas ici pour vous amuser !* Au lieu de ça, elle regarde Herbert et répond gentiment :

– En attendant la fantaisie, nous avons apporté du jambon.

Autour d'eux, des aviateurs, des types à l'air louche, de nombreuses prostituées. Un drôle de mélange de héros et de seconds couteaux. Dorothy ne peut s'empêcher de le remarquer, elle a envie de renvoyer l'interprète dans la voiture, il lui paraît trop jeune pour le public de l'établissement. Les filles ont toutes la même chevelure, des longueurs platine surmontées d'épaisses racines brunes. Hemingway en désigne deux, assoupies dans les bras l'une de l'autre sur une méridienne :

– Ce sont nos *whores* de combat, dit-il.

La formule franglaise dégoûte Parker. Martha Gellhorn préfère commenter la question de la décoloration :

– Toute l'eau oxygénée est réquisitionnée pour les hôpitaux. La guerre, c'est le retour à l'état de nature, plaisante-t-elle, avec un humour de troupier.

Puis elle se lève, prend le sac de cuir des mains d'Alan et leur montre le chemin.

Martha préfère l'excitation du front à celle du sexe. Elle se fiche un peu de voir ces femmes aller et venir partout dans l'hôtel, et même de les croiser aux abords de la chambre d'Ernest. Elle a besoin de davantage de temps que lui pour ses articles, elle écrit depuis moins longtemps. Mais elle leur en veut malgré tout : ces sottes sont les seules qui braillent quand l'hôtel est bombardé – ou simplement l'immeuble du téléphone, en face. Elles poussent de petits cris stridents qui l'énervent.

– Elles ont des pleurs aigus comme ceux des oiseaux, vous voyez ce que je veux dire ? C'est très agaçant, dit-elle en poussant la porte de la chambre contiguë à la sienne.

Dorothy et Alan pénètrent dans une très belle pièce où tout semble en ordre. Gellhorn allume une cigarette à la bougie et exhale la fumée par le nez.

– Par contre, il faut respecter le couvre-feu.

Elle désigne une vitre trouée par l'éclat d'une balle de revolver :

– Les rideaux n'étaient pas tirés, et la police a dû passer par là. Il faut comprendre, on est bombardés quasiment toutes les nuits, ce n'est pas la peine d'aider les fascistes à viser. D'ailleurs, c'est pour ça que je vous ai mis près de moi. C'est plus exposé que du côté de chez Ernest au deuxième étage, mais ce sera moins bruyant cette nuit, à défaut de dormir, vous pourrez vous reposer un peu. Si le bombardement vous gêne, descendez chez lui : Pop et Delmer ont racheté les vins du roi aux anarchistes, il y a de quoi boire… Ne vous gênez pas. Et il faut que je vous montre autre chose, il vaut mieux le savoir, ça évite de tomber.

Martha fait demi-tour pour repasser devant, et Dorothy demande :

– Il n'y a pas de clé ? Pour la chambre ?

– Il n'y a pas non plus de service d'étage, comme tu vois, puisque je suis là. L'hôtel est en autogestion, ou presque. *Adelante*, en avant, allons voir ce trou de l'enfer.

Intrigué, inquiet, impatient, Alan gravit à grandes enjambées les marches de l'escalier monumental. Derrière lui, Martha ajoute :

– Alan, ne te prends pas les pieds dans le tapis, il fait nuit, je ne veux pas d'accident…

Puis les deux femmes surgissent derrière lui et tous les trois se tiennent sur la moquette en silence, regardant au-delà, par le souvenir d'un obus, la béance qui termine le couloir. Devant eux, la nuit madrilène s'étend jusqu'à la ligne invisible du front. Dorothy frémit :

– Je comprends pourquoi l'aération est bonne.

Le lendemain se passe à arpenter la ville, Martha les guide. Là où sont tombés des obus, des hommes reconstruisent la chaussée. Demain, la bombe explosera peut-être au même endroit. Ce sont d'imperturbables Sisyphe de la voirie. Et voici les toiles tendues entre les immeubles qui disent toutes la même chose : Madrid sera la tombe du fascisme, *No pasarán*.

Revenus place de Callao en métro, Dorothy et Alan tremblent d'avoir marché dans une ville aussi dévastée. Dans le lobby du Florida, ils se laissent choir au fond d'une paire de fauteuils cabriolets.

– On s'habitue, dit Martha qui les a accompagnés sans ciller.

Dorothy réfléchit à son expérience de Valence et souffle :

– Si tu le dis.

Martha pousse devant elle un whisky sec, puis un deuxième.

Après quelques-uns de ces remontants, Dorothy demande à voir comment les journalistes travaillent. Martha leur fait traverser la rue et entrer à la *Telefónica*. L'immeuble est un gratte-ciel de béton et d'acier, mais, forcément, l'activité se concentre dans les étages peu élevés, ainsi qu'au rez-de-chaussée.

C'est ici que dans un irréel clair-obscur, à la lueur des bougies, se fait la transmission des nouvelles du front. C'est ici que journalistes, censeurs et opérateurs du téléphone passent d'interminables soirées à attendre les appels des rédactions, à combattre la peur et l'ennui, à s'enfermer pour transmettre et dicter – parfois, à s'effondrer de sommeil, la tête entre les bras, parce que l'attente se prolonge tant que c'en est inhumain, que les communications sont devenues mauvaises, que Paris doit rappeler, mais ne rappelle pas, que la ligne est coupée avec Londres, qu'on en a assez, et qu'est-ce que ça va changer ? Et puis la ligne est rétablie, la rédaction veut des précisions sur une dépêche, on réécrit, et on repart, plein d'espoir.

Dorothy voit ces gens et, invraisemblablement, elle se sent le cœur content. Dans son appartement de Madrid, Ignacio de Cárdenas, l'architecte de la Compagnie du téléphone, annote le cyanotype de la *Telefónica*. Il consacre son temps à documenter les dommages causés à son chef-d'œuvre. La résistance des matériaux, c'est toute sa vie. Aussi chaque jour qui passe peut-il se féliciter d'avoir choisi la pierre de granite. Sa réalisation est devenue un des symboles de la défense de la ville.

Chapitre vingt-trois

L'ultime barrage
Madrid, octobre 1937

Dorothy est réveillée par le staccato que joue Martha sur sa machine à écrire. De l'autre côté du mur, Martha frappe le clavier avec un agacement inspiré. Dorothy n'a quasiment pas fermé l'œil de la nuit, il a fallu que le petit matin la berce pour qu'enfin elle trouve le repos. Son estomac gargouille : le premier soir, les vivres ont été partagés avec tous les correspondants, les filles et les interprètes présents. Ensuite, ça a été salami et bouillie, matin, midi, et soir. Sa bile remonte rien que d'y penser ; sa frange lui colle au front, elle se sent fiévreuse. La tête dans un étau, il lui prend la curieuse envie de se peigner les pensées.

Alan aussi a passé une mauvaise nuit. Dans un cauchemar contrasté, tout était mélangé : les personnages archétypaux qu'il croise depuis dix jours évoluaient sur une pellicule noir et blanc, dans un film à gros budget dont il devait articuler le scénario exagéré. L'idée de Goldwyn, caricaturale et conventionnelle comme à l'ordinaire, lui imposait la rédaction de dialogues ridicules.

Il ouvre les yeux pour se tourner vers le visage fiévreux de sa femme :

– Mon existence manque de nuances, Dottie.

– Ne râlez pas, colonel, répond-elle le visage dans l'oreiller festonné. Sinon, vous aurez l'allégorie d'un baiser pour vous consoler.

Puis ils s'habillent, frappent chez Martha et tous trois émergent du Florida sur la Gran Vía, où la vie reprend en Technicolor. Martha, à nouveau, les guide : cette fois, direction la cité universitaire. La veille, Dorothy n'avait pas prêté attention aux bruits de la ville, aux déplacements de ses habitants. Aujourd'hui, elle entend les freins des camions, le klaxon des ambulances, elle observe les Madrilènes à bicyclette, les lentes processions devant les magasins.

Comme tous les reporters étrangers, elle est troublée par la continuité de la vie quotidienne, étonnée que les poubelles soient ramassées et que le métro roule. Martha, elle, raconte ce qui n'est pas toujours visible : le siège de la ville qui a transformé les faits et gestes les plus anodins, Madrid muée en camp retranché. Un poste arrière, sans le ravitaillement associé. « L'ultime barrage » que représente la capitale déchue et isolée. Chacun devenu combattant, volontairement ou à son corps défendant. Elle raconte, et pendant ce temps, les ombres se déplacent avec le vent. Martha ne peut s'empêcher de parler, elle décrit, commente, traduit. Dorothy pense : *Elle en a trop vu pour être réduite au silence. Elle est ici depuis trop longtemps*. Dorothy voit juste. Martha ne s'en remettra jamais. Cette guerre lui léguera une vigilance de tous les instants, pour une vie d'engagement. Mais Dorothy non plus ne s'en remettra pas. Ce reportage qu'elle poursuit à grand-peine, elle le paiera de ses contrats hollywoodiens. Sa carrière sur la côte Ouest n'y survivra pas, la signature Alandotty non plus, tout comme la prospérité qui y était associée. Il faudra rendre la maison de Beverly Hills, abandonner la voiture, vendre les meubles – mais tout cela n'arrivera que progressivement, dans l'inexorable déroute qui suivra cette fameuse année 1937, cette année où Dorothy Parker a choisi de vivre le triomphe de son film à l'autre bout du monde, dans un pays plongé en pleine guerre civile.

Après deux arrêts de tramway et quelques détours, les trois amis parviennent à la cité universitaire – à ce qu'il en reste après l'offensive de l'automne dernier. Depuis presque un an, la ligne de front traverse le campus, séparant les ruines des facultés. Du côté rebelle, les instituts ont été réduits à des monceaux de gravats. La Casa Velázquez s'effondre. Du côté loyaliste, on tient les positions acquises par Durruti, Ortega et Tienda. La zone est comme pétrifiée par un sort funeste.

Martha les introduit dans la faculté de médecine. Contre le mur d'une salle de laboratoire, les flacons, béchers et erlenmeyers encombrent des étagères entières, comme si rien ne s'était passé. Le temps a négligé de passer ici. Cette verrerie de chimiste, intacte, produit un contraste saisissant avec les couches jetées au sol, avec les fusils. Un soldat fouille dans son barda, sans faire attention à eux. Ils sortent. Personne ne parle. Que dirait-on ?

On s'avance vers un tunnel. Face aux grottes pratiquées dans la géographie accidentée du terrain, Ernest Hemingway et Herbert Matthews leur font signe. Ils se tiennent auprès de soldats en uniforme, statuaire encastrée dans des niches de boue. Puis Ernest et Herbert reprennent les jumelles, fixant une position ennemie sans relâche. Chaque mouvement républicain sur le terrain est aussi le leur. « Notre offensive », disait la photographe Gerda Taro, qui parlait toujours à la première personne du pluriel. Elle avait le Leica accroché au cou et les soldats l'appelaient *Pequeña rubia.* « Boucle d'or » prenait toujours plus de risques, se tenait là où les militaires lui reprochaient d'avancer. Plus près, encore plus près, toujours plus près sous la mitraille, le doigt sur le déclencheur, le cœur brûlé par la peur et l'enthousiasme, Gerda, désir de vie et désir de mort mêlés, fusion d'avec le centre de la terre, est retournée à la poussière désormais.

Au loin le canon tonne et les obus à mélinite arasent les abris. Des nappes de brouillard se déplacent, nuages de poussière de craie asséchant les gorges. Il fait plus mauvais ici qu'aux alentours du Florida, à seulement trois kilomètres de là.

Alan fait quelques mètres seul et s'approche d'un groupe de miliciens – échange rituel de poignées de main, de cigarettes, contre la permission de se tenir là sans raison, en spectateur. Des fusils sont posés derrière un parapet de tir. L'armement est plus mauvais encore que ce qu'on lui a décrit. Des images de la guerre de Sécession lui viennent devant l'artillerie rouillée. Est-ce qu'il pourrait se battre avec de telles pièces de musée ? Cela lui paraît inconcevable, suicidaire même. Et pourtant ces hommes sont vivants, les soldats et leurs amis aussi. Tous ont dû regarder souvent la mort dans les yeux et tous l'ont vaincue, pour le moment. Gerda, elle, repose déjà au cimetière du Père-Lachaise.

Alan se détourne et marche vers ses amis. Dorothy ne le surnomme pas colonel par simple jeu, son mari a suivi le *cursus honorum* d'une école militaire. Elle attend sa sentence. Il y a un silence, on pressent ce qu'Alan peut dire. Avant qu'Herbert ou Ernest ne l'interrompe, Alan les surprend en demandant simplement, le malheur dans la voix :

– L'embargo ne sera jamais levé, n'est-ce pas ?

– Rentrons, dit Martha.

Dans la faculté de médecine, flacons, béchers et erlenmeyers continuent de prendre la poussière. Après la *Casa del Campo*, les bombardiers passent et repassent au-dessus des pins. L'embargo ne sera jamais levé, mais il faudra encore bien du temps pour que tombe Madrid. Au Florida, Lillian Hellman s'installe, bien décidée à obtenir son brevet d'héroïsme.

Chapitre vingt-quatre

Le prix d'Hollywood
Los Angeles, mars 1938

Le temps ne change rien encore à sa popularité. La quarantaine ternit peu son profil bien dessiné. Certes, il y a des soirs où l'alcool lui rougit les joues et les excès font luire ses pommettes. De nombreux soirs, parce que l'âge n'y fait rien. Dorothy ne cesse pas d'être une couche-tard qui amuse la galerie, porte les toasts les plus spirituels, prononce les grossièretés au bon moment. Elle continue de penser qu'une jupe assez courte suffit à faire venir la fête à soi, même si elle-même n'en a nul besoin. Elle a d'autres atouts.

De temps en temps, elle fait gentiment la leçon. Cela ne dure pas. Elle développe plutôt sa sensibilité politique dans quelques films choisis, lesquels lui permettent d'appuyer la morale de l'histoire. La grand-mère dans *Une étoile est née*, bientôt, l'oncle dans *La Cinquième Colonne*, ces figures attachantes et décalées, disent du Parker : de l'insolence dans la naïveté, l'humanité avant la patrie. « J'ai ma propre idée quant à mon devoir de citoyen, fera dire Dottie à l'aveugle d'Hitchcock, et elle n'a que faire de la loi. »

Dans la chambre d'amis, Dorothy a posé le sac de voyage qui les a accompagnés à Madrid. Par une sorte de superstition, elle se refuse à le ranger. Les manipulations successives du transport l'ont rendu informe, et sur le cuir, l'étiquette jaune et bleu de l'hôtel *Florida* semble l'étonnante trace d'un paisible séjour estival. Parfois, Dorothy entre dans la chambre, elle ferme la porte, et du sac, elle sort ses notes d'Espagne. Une gaze ouvragée, entourée de dentelles, y est serrée comme dans un herbier. Elle feuillette les pages sans les lire, car elle connaît de mémoire les textes qu'elle y a couchés, tout comme ceux qu'elle n'a pas écrits. Les points trop appuyés dans le papier sont comme les minuscules bosquets castillans, perdus dans le paysage terreux. Elle entend le rire de Martha, et dans le ciel tout bleu de Californie, c'est le visage d'Alan qu'elle voit, éclairé par la lune à Valence. Il y avait entre eux tous une fraternité égale à celle des hommes au combat. Tout est désormais petit, mesquin. Dans l'espace de la fenêtre, un avion laisse une trace qui se dissout très vite. La paix aussi a quelque chose à voir avec le néant.

Maintenant qu'elle est de retour aux États-Unis, Dorothy préside le « Comité nord-américain de soutien à la démocratie espagnole », dont le nom masque mal l'impuissance des bonnes volontés. Elle force sa voix fluette dans des réunions publiques et défaille ensuite de mélancolie. À New York, lors d'un dîner au bénéfice des enfants frappés par la guerre, elle fait la connaissance de l'ambassadeur de la République en Amérique. Fernando de Los Ríos était un ami de Federico

García Lorca. Lui est bien vivant, et le poète tout à fait mort. Là-bas, dans le fossé de Grenade, d'autres corps ont été jetés sur le sien, « avec du sang au front et du plomb aux entrailles ». L'ambassadeur était ailleurs au moment du coup d'État. Il n'a pas vraiment revu l'Espagne. Est-ce plus difficile d'être vivant, plus triste d'être mort ?

Sur le lit, on a posé la robe de gala pour les Oscars. Dorothy ouvre la housse, et serre à pleines mains le velours noir du costume soyeux. Mais ça ne lui réchauffe rien à l'intérieur, alors elle siffle un de ses chiens. Elle ne veut ni Alan ni personne, car elle ne veut pas parler. Elle ne veut pas toujours parler, il faudrait que cela se sache, enfin.

Une étoile est née figure en quelque sorte le roman qu'elle n'écrira plus. Le film lui-même a connu une maturation exceptionnelle, de nombreux scénaristes ayant échoué à tirer le script parfait de son idée centrale : révéler les dessous d'Hollywood, tout en conservant intacte une part du rêve californien. Le réalisateur William Wellman a proposé le duo Alandotty au producteur, David O. Selznick, et les Campbell ont fait des miracles. Dans tous les cinémas de l'Union, les portraits de Norman Maine, orgueilleux et alcoolique, star déclinante, et d'Esther Blodgett, *alias* Vicki Lester, qui se rêve jeune première, bouleversent le public. Dorothy s'est surpassée, peignant les deux faces de la gloire, l'ascension et la chute. Elle a pensé à Scott, fourrageant dans les librairies de Greenwich Village à la recherche de son « Gatsby » épuisé. En toile de fond, l'ironie de Parker s'est déployée dans des évocations amusées du cynisme des studios et de la cruauté de la presse à sensation. Elle a poussé certains poncifs jusqu'à la caricature, du triomphe immédiat de Vicki, propulsée nouvelle *girl next door*, au paternalisme du nabab, directeur de studio et fabuleux papa gâteau.

Tandis qu'Alan soignait les enchaînements, Dorothy ciselait les dialogues, les moments clés du conte de fées. La rencontre entre Norman et Esther, le succès fulgurant de Vicki, tragiquement corrélé à l'effondrement de Norman, rejeté des studios. Le sacrifice de l'acteur, qui préfère le suicide à la renonciation de sa femme. Dorothy et Alan ont probablement imaginé le seul scénario dans lequel un homme place la carrière de son épouse au-dessus de sa vie même... Et enfin, Dottie écrivit l'ultime revendication de Vicki, inoubliable, après le suicide de Norman : *Hello everybody. This is Mrs Norman Maine !* La reconnaissance de Dorothy pour l'homme qui donne son nom et par là permet une nouvelle existence s'exprime une dernière fois dans ce final qui fait pleurer l'Amérique entière.

Ce soir se tient la cérémonie qui peut les couronner : ensemble, ils sont nominés pour l'oscar du meilleur scénario. Dans la salle de bal de l'hôtel *Biltmore*, les lustres étincellent. Les femmes parées, la brillantine sur les cheveux des hommes, le revers des smokings, les étoffes, l'or des statuettes : tout resplendit. Les rumeurs circulent. Recevront-ils la récompense suprême ? Suspense sur Grand Avenue.

C'est attendu, pour l'un des premiers films couleur de l'histoire du cinéma, *A Star Is Born* commence par recevoir un prix exceptionnel pour la qualité de sa photographie. Leur ami Fredric March rate de peu l'oscar du meilleur acteur pour sa prestation dans le rôle difficile de Norman Maine. Il se trouve à égalité avec sa partenaire Janet Gaynor, nominée malheureuse elle aussi. Et puis, enfin, Alan et Dorothy vivent cette humiliation qui est aussi une victoire silencieuse : le film remporte l'oscar de l'histoire originale, mais la statuette revient au réalisateur William Wellman et au scribouillard Robert Carson. Ce dernier est un de ces hommes de paille dont l'apposition du nom vise à diluer la fierté personnelle des scénaristes dans une réussite que les studios souhaitent collective.

William Wellman saisit la statuette qui aurait pu couronner le travail arachnéen d'Alan et Dorothy. Gêné, le réalisateur la tend immédiatement à Selznick :

– Prends-la, tu as plus à voir avec la réussite de ce film que moi !

Les voilà, les véritables dessous d'Hollywood, bien davantage que la tragédie topique d'*A Star Is Born*.

Au début d'*Une étoile est née*, Lettie Blodgett sermonne sa petite-fille Esther, la future Vicki Lester : « Pourrais-tu le faire ? Pourrais-tu le faire même si cela devait te briser le cœur ? Parce que sache-le Esther, pour chaque rêve que tu réaliseras, tu en paieras le prix de ton cœur brisé. »

Épilogue – Un conte de fées
New York, 1898

New York s'efface sous la neige. Les contours aigus de la ville s'arrondissent au fur et à mesure que les bourrasques se succèdent. On ne distingue plus les rues les unes des autres, toutes sont belles et blanches. Dorothy Rothschild observe le phénomène depuis une fenêtre. La famille habite une belle maison de grès rouge sur la soixante-huitième rue.

Le bruit incessant de Manhattan s'est tu et c'est le plus impressionnant : le silence règne sur le royaume de l'hiver. Nulle calèche arrêtée, nulle bête brusquée, rien des cris habituels des passants. Aucun livreur, plus de travaux, nulle sirène. New York immobile.

Pas tout à fait : sous les flocons, des hommes marnent. Leurs mains sont violettes et leurs pieds protégés par de la toile de jute. Dans la haute demeure victorienne, une des sœurs d'Henry demande à Dorothy :

– On lit une histoire ? Un conte de fées ? Ce serait de saison !

L'enfant ignore sa tante. Dorothy tripote le voilage qui oscille, épousant la tourmente de l'extérieur. Le poêle les en protège à la perfection.

– Que regardes-tu ?

Dans un soupir, la tante lève son corps souple et sa tournure soyeuse et s'approche du carreau :

– Oh que ce blizzard tombe à propos ! Maintenant tous ces hommes ont du travail.

Dorothy retrouve sa langue et, inquiète, s'enquiert auprès de l'adulte :

– Faut-il donc qu'ils attendent le mauvais temps pour cela ? Ne peut-on faire autrement ?

⋆

Changer le monde, changer le cours de l'histoire, n'est pas toujours possible aux rêveurs. Mais témoigner, changer le regard, faire front : c'est à quoi excellent les poètes. Approcher ses mains du feu de la révolte, s'y réchauffer. Devenir Arachné, et agacer les dieux.

Note
The Last Laugh :
Rira bien qui rira le dernier

Conformément aux dernières volontés de Dorothy Parker, Lillian Hellman fut nommée exécutrice testamentaire. À la nouvelle du décès de Dorothy le 6 juin 1967, cette bonne vieille Lilly dépêcha chez Dottie un assistant pour vider l'appartement de son amie. Elle n'envisagea pas de se déplacer à l'Hôtel *Volney*, où Dorothy s'était installée depuis quatre ans.

Nul ne sait ce qu'il est advenu de ce que Dottie avait peut-être conservé – lettres, brouillons, bijoux ou livres. On sait seulement que Beatrice Steward, une amie de Dorothy, prit soin de son dernier petit chien, un caniche nommé Troie.

Parker avait légué sa propriété intellectuelle à l'association de Martin Luther King, mais Hellman prétendit que Dorothy n'avait pas dû se rendre compte qu'elle la privait de ce qui lui revenait de droit. « Après tout, qui s'était occupé de la paperasse et avait payé les factures, ces dernières années ? »

C'est vrai, Dorothy lui avait donné le Picasso en dédommagement. « Et alors ? »

Hellman s'opposa donc férocement à ce legs, mais, quelques années plus tard, son procès perdu, elle ne put empêcher le transfert de l'autorité testamentaire au NAACP. La cérémonie d'adieu aussi fit scandale : Dorothy avait précisé qu'elle n'en voulait pas.

Pour son épitaphe, Dorothy elle-même avait eu de nombreuses idées, et la plus connue est gravée dans le jardin du souvenir de l'association, à Baltimore. Le médaillon, hommage à la table ronde de l'*Algonquin*, porte la mention : « Excusez-moi pour la poussière. »

Remerciements

Ce livre doit beaucoup à mes amies Elsa et Lucie, à leurs relectures exigeantes et généreuses.

Je leur ai transmis, à elles d'abord, ma passion pour Dorothy. Je les remercie du fond du cœur.

EMILY DAVISON

Celle qui a donné sa vie pour le droit de vote des femmes

Chaud. Trop chaud. Beaucoup trop chaud. Emily Davison suffoque. La température de volcan qui règne dans le petit espace où elle a trouvé refuge commence à être insupportable. Elle souffre d'un rhume, et avale régulièrement des pastilles pour la gorge. Corollaire : elle est assoiffée. La nuit s'éternise. Combien de temps va-t-elle encore pouvoir tenir ? Elle a déjà la réponse : aussi longtemps que son corps le pourra. Et peut-être même au-delà… Elle est prête à tout pour défendre sa cause : le droit de vote pour les femmes.

Nous sommes le 3 avril 1910, et la suffragette Emily Wilding Davison est cachée dans le palais de Westminster, le Parlement anglais. Elle est juste à côté de la Chambre des communes, où siègent les députés, un lieu strictement interdit aux femmes. Et si la température est si infernale, c'est qu'elle est en planque dans la chaufferie du bâtiment. Une étuve dans laquelle elle rissole depuis déjà plusieurs heures. Des conduits bouillants grimpent sans fin vers les hauteurs. Pourquoi s'infliger une telle épreuve ? Son objectif est aussi simple qu'insensé : elle veut confronter le Premier Ministre, Henry Herbert Asquith, et le faire réagir. Le chef du Parti libéral occupe la fonction depuis 1908 et est toujours resté sourd aux demandes des suffragettes.

Emily a décidé d'aller l'interroger directement ! En début d'après-midi, elle est entrée dans le parlement par le hall principal, puis, profitant de l'inattention d'un policier, elle s'est engouffrée dans un couloir « privé ». Là, elle a repéré une petite fenêtre qu'elle a ouverte avant de se glisser dans la pièce dans laquelle elle patiente désormais. Les heures s'égrènent. Minuit, quatre heures du matin, neuf heures, midi… Est-il encore question, dans son esprit, d'intercepter le Premier Ministre ? Sans doute pas. C'est une occupation, un siège, que réalise à présent Emily Davison. Une guerre de territoire, dans ce parlement censé être la maison du peuple et dont les femmes sont pourtant exclues. Eh bien, une femme est là, à l'insu du pouvoir, bravant les heures et l'autorité patriarcale ! Et elle va laisser son empreinte. Elle grave sur un mur de sa cachette : « 3 avril 1910. Patience. Trente-six heures ici. Vont-ils jamais me trouver ? Je suis tellement assoiffée. La rébellion contre les tyrans est l'obéissance à Dieu. Emily Wilding Davison. »

Si la suffragette ne supporte pas l'inégalité, c'est peut-être parce qu'elle est elle-même le fruit d'une inégalité. Lorsqu'ils se marient, en août 1868, son père, Charles Edward Davison, a quarante-cinq ans et sa mère, Margaret Caisley, à peine dix-neuf ans. Charles est un riche homme d'affaires et a déjà neuf enfants d'un premier mariage. Après le décès de sa première femme, il a jeté son dévolu sur l'une de ses jeunes employées de maison. Margaret tombe enceinte deux ans après son arrivée au service de Monsieur. Leur mariage fait d'elle la maîtresse d'un foyer recomposé et bientôt la mère de quatre enfants. Une union bancale, mais qui n'est pas si rare dans l'Angleterre victorienne où des filles de bonne famille peuvent devenir domestique en cas d'infortune du patriarche, et où des domestiques peuvent soudainement changer de statut pour peu qu'un homme le décide…

Emily naît un matin d'octobre 1872. C'est la troisième de sa fratrie. Et très vite, elle détonne : elle est impulsive, vive, intense. Une enfant à la forte personnalité, dévorant les livres, courant sans cesse, avide d'expériences. Ses jouets préférés ? Des petits soldats pour pouvoir défier Alfred, son grand frère, bien moins intelligent qu'elle, mais qui a le privilège de pouvoir aller à l'école alors qu'Emily reste à la maison et s'instruit auprès d'une gouvernante. L'injustice, déjà.

Mais Emily a le goût du combat et de la liberté. « Elle aurait dû être un garçon », se lamente souvent sa mère. Lorsqu'elle a onze ans, la famille quitte la belle maison georgienne qu'elle occupait dans l'Essex pour une demeure plus modeste dans le cœur de Londres. Les affaires du père ne sont plus aussi prospères, l'argent manque, mais Emily découvre une ville qui foisonne de combats politiques et qui sera bientôt le théâtre de ses actes de bravoure. Ses parents s'inquiètent : comment vont-ils bien pouvoir la marier ? Elle a des atouts, certes, mais elle ne sera jamais une « dame ». À moins que…

« Tu ne devrais pas lire autant ! C'est mauvais pour ton dos ! » Emily a douze ans. Elle vit à Dunkerque, chez l'une de ses demi-sœurs de trente ans, essentiellement pour prendre des cours de maintien et devenir une épouse parfaite. Et dans cet apprentissage, les livres ne sont visiblement pas destinés à être lus… Sa demi-sœur saisit l'ouvrage et le place sur la tête de son élève : « S'il ne tombe pas quand tu t'assois, c'est que tu es bien droite. » Emily échoue lamentablement. Au bout d'un an à Dunkerque, elle rentre à Londres dans sa famille, et réclame dès son arrivée : « Je veux aller à l'école ! » Son père hésite : il a lu des articles sur les dangereux effets secondaires des études sur les jeunes filles. On parle notamment de mystérieux maux de ventre… Mais le patriarche finit par céder : « D'accord, mais si tu ne travailles pas trop ! » Raté : Emily excelle à l'école Kensington High où elle est inscrite à treize ans. Sa soif d'apprendre et ses excellents résultats lui permettent de décrocher, à dix-neuf ans, le *Cambridge Higher School Certificate* et d'intégrer le Royal Holloway College, une toute récente école pour femmes rattachée à l'université de Londres. Son grand rêve. Mais qui va finir en cauchemar : son père meurt brutalement en février 1893, laissant de lourdes dettes derrière lui.

Sa mère, qui travaille désormais dans une boulangerie, n'a pas les moyens de payer les vingt livres par trimestre que coûte la scolarité à Holloway. Refusant d'abdiquer, Emily devient gouvernante pour financer elle-même ses études et décroche un diplôme d'anglais et de littérature, puis, plus tard, d'art. Mais elle se heurte une nouvelle fois à l'injustice : le doctorat est interdit aux femmes. Elles sont des citoyens de seconde zone, avec à peine plus de droits qu'un enfant. Pas d'accès à la propriété, aux études supérieures et donc à un grand nombre de professions. Si les femmes célibataires ont le droit de voter dans certaines élections locales et mineures, le vote à l'échelon national est proscrit pour toutes. Quant aux femmes mariées, elles sont la propriété de leur mari. Pour Emily Davison, c'est l'impasse. La frustration. La colère. Elle est faite pour apprendre, encore et encore, découvrir et défier le monde. Un feu de plus en plus vif consume ses entrailles. Un feu que des centaines, des milliers de femmes ressentent elles aussi. Et qui va embraser l'Angleterre.

Une nuit de 1906. Une longue dame à l'épaisse chevelure brune, vêtue d'une jupe grise surmontée d'une blouse blanche et d'un élégant manteau, marche d'un pas mal assuré dans le quartier de Camden, au nord de Londres, un papier froissé à la main. Après quelques hésitations, elle pénètre finalement dans le sous-sol de l'église Saint-George. À l'intérieur, une assemblée exclusivement féminine. Et derrière un pupitre, une oratrice à l'aura incandescente : « Ce n'était pas la première fois que j'allais en prison. Et ce ne sera pas la dernière… » La nouvelle venue s'installe dans la salle, aussi intimidée qu'impressionnée. À la fin de la réunion, elle ose une question : « La violence est-elle nécessaire ? J'ai entendu parler de l'arrestation de deux femmes qui se comportaient de manière très brutale… » Réponse fulgurante : « J'étais l'une des deux. »

Emily Davison vient de rencontrer Christabel Pankhurst, cofondatrice en 1903, avec sa mère Emmeline, et ses sœurs Sylvia et Adela, de la *Women's Social and Political Union* (WSPU), l'organisation la plus radicale et la plus engagée dans le combat pour l'obtention du droit de vote des femmes en Angleterre. Son slogan : « Des actions, pas des mots. » Les membres de la WSPU rejettent le militantisme consensuel de la *National Union of Women's Suffrage Society* (NUWSS) qui espère surtout convaincre les hommes. Pour Christabel Pankhurst, c'est vain : il faut provoquer l'opinion, multiplier les coups de force et arracher ce droit qui se refuse à elles. Le *Daily Mail* baptise ces nouvelles guerrières du nom de « suffragettes », en opposition aux douces suffragistes de la NUWSS. Manière de diminuer ces harpies hystériques et ridicules, qui, pour la bonne société anglaise, ne sont pas tout à fait des femmes… Emily a alors trente-quatre ans. Elle enchaîne depuis plus de dix ans les postes de gouvernante. Et elle n'en peut plus. Au terme de la réunion, elle rentre avec Christabel Pankhurst et comprend, elle a trouvé sa famille, son rôle, sa place : suffragette.

Quelques semaines plus tard, elle se joint à un groupe de plusieurs centaines de militantes arborant les couleurs du mouvement – vert, violet, blanc – et qui tentent de forcer l'entrée du parlement. Emily est effarée par la violence des policiers. Les coups pleuvent, parfois accompagnés d'agressions sexuelles. Mais les suffragettes résistent : elles veulent à tout prix être arrêtées ! « La prison, c'est de la publicité », répète sans cesse Emmeline

Pankhurst. Cette première confrontation renforce la conviction d'Emily. Deux ans après avoir rejoint la WSPU, elle quitte son travail de gouvernante dans une famille londonienne pour se consacrer totalement à la lutte. Devant sa patronne, elle affirme, frondeuse : « J'ai besoin d'être libre. », « Mais pour quoi faire ? », « Être libre d'aller en prison. »

Emily s'épanouit dans sa nouvelle mission, à laquelle elle s'adonne de façon christique, elle qui croit profondément en Dieu. Mieux : elle est heureuse. Pour la première fois. Elle écrit : « À travers mon humble travail pour la plus noble des causes, je suis arrivée à une joie pleine et un intérêt dans la vie que je n'avais jamais expérimentés. » Emmeline Pankhurst est impressionnée par sa nouvelle recrue : « C'est l'une de nos militantes les plus téméraires et audacieuses. » En 1908, Henry Herbert Asquith devient Premier Ministre. Un libéral opposé au droit de vote pour les femmes. En réaction, la WSPU organise le 21 juin 1908 une manifestation géante de cinq cent mille personnes : le *Woman's Sunday*. Une démonstration de force. En mars 1909, Emily tente, avec une vingtaine d'autres femmes, de remettre en mains propres une pétition au

Premier Ministre lors d'une réunion publique. Une tentative qui s'achève dans le chaos et qui lui vaut sa première condamnation. Elle refuse toute négociation et obtient ce qu'elle souhaite : les barreaux.

Elle passe un mois à la prison pour femmes d'Holloway, qui porte ironiquement le même nom que l'école qu'elle a autrefois fréquentée. Le premier séjour d'une longue série. En juillet 1909, elle fait irruption lors d'une réunion présidée par le ministre des Finances, David Lloyd George, et interdite aux femmes. Arrestation, prison. Elle brise les fenêtres de sa cellule et entonne le *God Save the King* à s'en exploser les poumons. Sur l'un des murs, elle découvre ces mots, gravés par l'une des proches d'Emmeline Pankhurst : « Tant que je respire, j'espère. » Emily y ajoute son très religieux slogan : « La rébellion contre les tyrans est l'obéissance à Dieu. »

Les suffragettes réclament le statut de prisonnières politiques et les conditions de détention plus souples qui vont avec, ce qu'on leur refuse. Elles répondent avec une arme qui va s'avérer redoutable : la grève de la faim. Emily perd neuf kilos en à peine six jours et est libérée. Elle est successivement arrêtée au cours de l'année pour avoir fracassé des vitres durant un meeting politique, lancé des pierres sur la voiture de Lloyd George, puis durant le déplacement d'un ministre. Elle écourte à chaque fois ses séjours derrière les barreaux en refusant de se nourrir. Une tactique qui choque l'opinion anglaise, surtout parce qu'elle atteint la plus importante qualité qu'une femme doit posséder : la beauté. En s'en prenant à leur propre intégrité physique, les suffragettes clament qu'elles ne sont pas que des corps. Les grèves de la faim, souvent coordonnées, vont se succéder dans les prisons. En tout, deux cent quarante-sept suffragettes utiliseront cette méthode. Et cent trente vivront la terrible réponse des autorités : le gavage de force.

Emily ne va pas y échapper. Elle subit l'atroce épreuve pour la première fois en octobre 1909. Les gardiens et les médecins de la prison s'y prennent parfois à dix pour la maintenir, lui ouvrir la bouche et y insérer un liquide épais non identifié. Il leur arrive d'utiliser un écarteur en métal, ou, pire, un tuyau qu'ils insèrent dans son nez et qu'ils glissent jusqu'à l'estomac. Emily décrira elle-même le supplice : « Cette expérience me hantera toute ma vie. C'est une torture barbare. » Elle finit à chaque fois en état de choc, et y laisse parfois des dents. Certaines en mourront. Pour protester contre ce traitement inhumain, Emily se barricade dans sa cellule, en plaçant les deux lits devant la porte. Furieux, les gardiens font passer un canon à eau par une ouverture, et envoient le liquide glacé à pleine puissance en la visant ! La suffragette résiste quinze minutes, avant que les matons ne décident de stopper son calvaire, de peur de la tuer. Lorsqu'ils forcent finalement la porte, la cellule est remplie de quinze centimètres d'eau. À l'agonie, Emily est emmenée à l'hôpital et libérée peu de temps après. Sa bravoure a franchi les murs de la prison : elle est accueillie par plus de neuf mille personnes ! L'incident est même discuté au parlement. Entre hommes, évidemment. Toujours. Et sans que cela génère le moindre changement dans les mois qui suivent. Westminster reste une forteresse fermée à la cause des femmes. Alors en avril 1910, Emily décide de s'y infiltrer et de dire ce qu'elle pense, les yeux dans les yeux, au Premier Ministre.

Responsable éditoriale : Ambre Rouvière
Correction : Nord Compo Multimédia
Composition : Nord Compo Multimédia
Conception graphique de la couverture : Nord Compo Multimédia
Illustration de couverture : © DR

Depuis 2009, Prisma Media met en place une politique d'achat éco-responsable. Ainsi, près de 100 % du papier de nos magazines est certifié PEFC (gestion durable des forêts). La fabrication des livres des Éditions Prisma s'inscrit également dans cette démarche.

PEFC
10-31-1601
Certifié PEFC
pefc-france.org

Dépôt légal : octobre 2020 – n° d'impression : 2008.0027
Achevé d'imprimer en France par : Aubin Imprimeur